이번 생을 구원하라

N분의 1은 비밀로

N분의 1은 비밀로

엮은이 금성준
펴낸이 임상진
펴낸곳 (주)넥서스

초판1쇄 발행 2021년 9월 17일
초판2쇄 발행 2021년 9월 24일

출판신고 1992년 4월 3일 제311-2002-2호
10880 경기도 파주시 지목로 5
Tel (02)330-5500 Fax (02)330-5555

ISBN 979-11-6683-149-2 03810

가격은 뒤표지에 있습니다.
잘못 만들어진 책은 구입처에서 바꾸어 드립니다.

www.nexusbook.com
&(앤드)는 (주)넥서스의 문학 브랜드입니다.

N분의 1은 비밀로

금성준 장편소설

&

| 추천사 |

금성준은 삶의 예외적 힘이 만들어가는 신비롭고 불투명한 속성을 관찰하고 표현하는 작가이다. 그의 소설은 인물의 다양한 욕망과 그로 인한 비밀의 통로를 추리소설의 기법으로 통과해가면서, 미성숙한 자아가 참된 자아를 찾아가는 성장 서사를 동시에 거느리고 있다. 인간 존재의 불완전성에 대한 심층적 해석을 통해 고독한 조난자들이 벌여가는 공감의 서사를 산뜻하게 보여준다. 시종일관 펼쳐지는 경쾌하고 친근한 문장 또한 이 신인작가로 하여금 흥미진진한 서사를 일구어가는 이야기꾼의 반열에 오르게끔 해줄 것이다. _**유성호**(문학평론가)

돈가방, 도둑들, 헛소동. 이 세 코드만으로 흥미진진한 이야기의 맛이 느껴진다. 《N분의 1은 비밀로》는 이 코드로 이야기의 간을 적절히 맞추고, 감칠맛 나는 문체와 연속된 반전으로 이야기의 식감을 쫄깃하게 해준다. 여기에 현장감 넘치는 디테일과 교도소의 코믹한 일상 묘사로 신선한 풍미까지 더했다. 생생한 감옥 안의 풍경이 담긴 이유가 이 소설의 비밀이라면 비밀! _**박생강**(소설가)

익살 루저들은 9억을 나눠 먹을 수 있을까. 빵빵 터지는 개그 이어달리기로 돈이 주인이 된 세상을 통렬히 저격하는 해학극! **_김종광**(소설가)

타고난 유머감각과 냉철한 풍자, 그리고 그 저변에 깔린 짙은 페이소스까지, 작가 자신의 개성이 고스란히 담긴 담백하고 솔직한 소설이다. 속도감 있는 서사의 흐름, 생동감 있는 인물들의 성격 묘사에는 독자를 배려하는 작가의 세심함이 느껴진다. 모든 소설은 읽어주는 독자가 있기 때문에 가치가 있는 것이라는 게 작가가 평소 이야기하는 소설관이다. 거창한 자의식 없는 이 솔직하고 유쾌한 글 속에는 씁쓸하면서도 어딘가 슬픈 골계미마저도 느껴진다. 한번 읽기 시작하면 금시에 읽히는 소설을 지향하는 작가의 고집이 완성도 있는 문장과 박진(迫眞)함을 잃지 않은 사실주의로서 잘 구현된 작품이다. **_김기영**(배우자 · 문학평론가)

당신의 삶이 진짜 소설입니다

초등학교 6학년 때였다. 나는 무모하게 물에 뛰어들었다. 풍랑주의보가 아직 해제되지 않은 바다에.

먹장구름 탓에 영일만은 시커멨고, 파도도 검게 보였다. 트럭만 한 파도가 연거푸 나를 때리고 깊은 바다로 끌고 갔다. 파도가 요란한 날에는 아무도 바다 근처에 나오지 않았다. 비명을 질러도 파도 깨지는 소리에 묻혀 누구도 듣지 못했다. 오만했던 나는 파도를 이길 수 없음을 깨닫고 선택해야 했다. 이대로 죽을지, 발버둥이라도 쳐볼지.

입을 앙다물고 방파제 쪽으로 헤엄치기 시작했다. 그러나 그렇게 쉽게 살아 돌아올 수 있다면 누군들 물에 빠져 죽을까. 파도는 나를 놔주지 않았고, 나는 양동이 속의 개미처럼 버둥거리기만 했다. 힘은 순식간에 빠졌고 정신도 몽롱해졌다. 간신히 방파제의 테트라포드를 붙잡았지만 이끼 때문에 미끄러워 밟고 올라설 수 없었다. 테트라포드에 들러붙은 따개비 탓에 팔다리가 찢어져 피까지 흘렀다. 얼마 동안 버텼는지 모르지만, 시간이 조금만 더 흘렀다면 난 분명 죽었을 것이다.

그분이 누군지는 모른다. 같은 동네에 살던 분은 아니었다. 방파제 부근에서 피 흘리며 어떻게든 버티는 내게 기다란 대나무 장대를 내밀어주셨다. 생명선이었다. 그걸 절대 놓치지 않으려고 힘껏 움켜잡았다.

괴롭거나 주저앉고 싶을 때는 그날을 떠올린다. 그리고 어떻게든 돌파하려고 발버둥 친다. 좋은 경험은 또 다른 좋은 경험을 만드는 법이다.

나의 글을 읽어주시는 고마운 분들께도 내 책이 좋은 경험이 되면 더 바랄 게 없겠다. 아직은 턱없지만, 언젠가는 그리 되고 싶다.

인생에는 하고 싶지만 불가능한 일과, 가능하지만 하고 싶지 않은 일밖에 없다고 괴테가 말했던가. 글쓰기는 내게 하고 싶으면서도 가능한 일이다. 가능은 하지만 어설프다. 설익은 걸 내 자신이 안다는 것 하나만으로도 나는 '하고 싶으면서 가능한 일'을 더 잘할 수 있을 여지가 있다고 믿는다.

양가 부모님, 특히 가장 진실한 글이란 어떤 것인지 인생을 통해 보여주신 엄마와 장모님께 감사드린다. 소설을 쓰기는커녕 읽지도 않던 나를 이끌어주고 늘 보살펴주는 아내에게는 굳이 따로 고마움을 표할 필요도 없겠다.

2021년 가을의 문턱에서

금성준

차례

도둑맞은 인생과 도둑들

봄비가 내리고 있었다. 폭우처럼 쏟아지는 건 아니지만, 몇 분 만 걸으면 흠뻑 젖을 게 뻔했다. 비는 꼭 퇴근시간만 되면 내리는 법이다. 그것도 우산을 챙기지 않은 날만. 양철지붕에 빗방울 떨어지는 소리로 보아 점차 빗발이 더 굵어지나 보다.

상관없었다. 서른아홉 살의 8급 교사 계급 교도관 기봉규와, 마찬가지로 동갑내기 8급 교사 허태구는 어차피 퇴근을 할 수 없었으니까. 둘의 임무는 영치창고에 틀어박혀 수용자 영치품을 관리하는 것이었다. 영치품 창고에서 영치품을 관리하고 있다가, 출소하는 수용자에게 내어주는 역할이다. 한마디로 정말 더럽고 구질구질하고 골치 아픈 데다 힘까지 드는 일이다. 전직 대통령부터 노숙자까지 드나드는 이곳에 어떤 수용자가 어떤 물건을 맡길지 모르기 때문이다. 며칠 전 어느 녀석은 입소할 때 맡겼던 양말 한 짝과 바늘 한 개가 사라졌다며 횡령으로 고소하겠다고 고래고래 고함을 질러댔다. 기봉규와 허태구가 훔쳤다며. 출소하는 날의 수용자는 소장보다 무섭다.

영치창고 양철지붕 위로 떨어지는 비는 어느새 더 굵어져 양동이로 퍼붓듯 쏟아졌다. 이 비가 그치면 무지개가 뜨겠지. 봉규는 생각했다. 밤에 무지개가 생길 수 없다는 것도 잊은 채 자기 인생의 무지개가 활짝 펼쳐지리라 기대했다. 문제의 캐리어를 바라보며. 캐리어 주인과 이름이 같은 어떤 사람이 떠올라 불쾌했지만, 그런 너덜너덜한 감정 따위는 금방 지워버렸다. 지금 기분 같아서는 그 누구든 용서가 될 것 같았다. 이제 나한테는 꽃길을 걸을 일만 남은 거야. 난 그럴 자격이 있어. 기봉규는 두려움으로 쿵쾅거리는 심장을 움켜잡으며 그렇게 자신만만해 했다.

둘은 내리는 비를 개의치 않았다. 양철지붕을 때리는 요란한 빗소리도 들리지 않았다. 봉규와 태구의 툭 튀어나온 눈알은 낡고 시커먼, 어른도 통째로 욱여넣을 만큼 큰 캐리어에 꽂혀 있었다.

"자, 그럼."

기봉규가 먼저 입을 뗐다.

"이거 어떻게 하지?"

하나 마나 한 말이었다. 하지만 기나긴 침묵 끝에 드디어 입을 열었다는 점에서 커다란 진일보였다.

"이걸 어떻게 해야 좋을까?"

허태구도 하나 마나 한 대꾸를 했다.

둘은 원하는 게 같았다. 그러나 정답을 알 수 없었다. 저 캐리어 안에 든 걸 갖고 싶다는 마음은 같았다. 그것은 본능적인 반응이나 다름없었다. 그러나 그걸 함부로 가졌다가는 돈도 잃고 인생도 잃게 될 수 있다. 교도관들의 은어처럼 옷을 바꿔 입을 수도 있다. 즉 교도관복을 벗고 죄수복으로 갈아입은 채 수용자 신세가 될 수도 있다는 말이다.

그때 기봉규가 깜짝 놀라며 출입문 쪽으로 후다닥 뛰어갔다.

"이 바보야! 문을 잠갔어야지!"

자기가 잠갔으면 될 일을 괜히 태구 탓으로 돌렸지만 태구는 금세 주눅이 들어 슬퍼 보이는 커다란 눈을 내리깔았다. 키가 190센티가 넘는 태구는 별 까닭이 없어도 모두에게 주눅이 든다. 봉규가 특별히 무슨 카리스마가 있어서 그런 게 아니다. 그냥 태구는 늘 불쌍한 표정을 짓고 산다. 뭐랄까, 키만 크고 앙상하게 말라서 산들바람에도 뿌리째 흔들리는 나무를 보는 듯하다.

"이제 어쩌지?"

봉규가 아까 했던 말을 또 꺼냈다. 태구도 아까 했던 대답을 또 했다. 그럴 수밖에 없다. 지금 할 수 있는 일이라곤 고민밖에 없었다.

"일단 세어보기라도 하자. 대체 얼마나 되는지."

이번에도 봉규가 제안했다. 이번에도 태구는 고개만 끄덕였다. 오랜만에 산수 시간이 돌아온 셈이다.

"5만 원 권 뭉치야. 그러니까 뭉치 하나당 500만 원이라고. 이 캐리어 안에 몇 개의 뭉치가 있는지 세어보자. 그리고 총액은 얼마인지 계산해보자."

태구는 또 고개를 끄덕이고는 돈뭉치를 열 개 단위로 탑처럼 쌓기 시작했다. 그리고 그 옆에 또 높이를 맞춰서 쌓았다.

봉규는 태구도 이 정도 머리는 쓸 줄 아는 데 적잖게 놀랐다. 태구 덕에 시간이 많이 단축됐지만 돈이 워낙 많았다. 벌써 저녁 8시가 넘었다. 6시 정시 퇴근 공무원인데, 저녁 8시까지 근무하면 2시간 초과. 여기서 비현업 근무자는 1시간을 공제하므로 1시간만 실 근무 인정. 둘은 시간당 만 원 정도 하는 초과수당을 받아가며 열심히 돈을 세고 있었다. 그래도 자기들 좋아서 하는 짓이라 불만은 없었다.

"총 몇 개지?"

태구는 자신이 탑을 쌓아놓고도 봉규에게 물었다. 돈뭉치 10

개짜리 탑이 가로 4개, 세로 4개의 정사각형을 이루고 있었고, 정사각형에 끼지 못한 10개짜리 탑이 두 개 더 있었다. 태구는 진작 계산을 포기했지만, 봉규는 집요하게 머리를 굴리더니 합계를 도출해냈다. 총 9억 원. 캐리어 안에 총 9억 원이라는 거금이 들어 있던 것이다!

둘은 잠시 자신의 월급과 한 달에 저축하는 돈과 저축해놓고 여기저기 축의금과 부의금을 내느라 빼 썼던 돈에 대해 생각해봤다.

서른아홉 살 봉규는 결혼을 했지만 아직 자식이 없고 맞벌이였다. 둘이 벌긴 했지만 대출을 조금씩 갚고, 혹시 모를 불안감에 전세보증금반환보증보험료를 내가며 백수 처남까지 먹여 살려야 한다. 아버지라는 사람 얘기는 하지 말자. 그 끝도 없는 빚쟁이들을 감당하느라고 결혼을 7년이나 미뤄야 했다. 아버지라는 작자가 또 언제 사고를 쳐서 변호사비를 대야 할지도 모른다. 기봉규는 늘 불안에 시달려서 알뜰살뜰 저축을 하지만 한 달에 기껏해야 30만 원. 그것도 담배를 끊어서 가능한 돈이었다. 옛날에 살던 고향 마을은 신도시로 개발돼서 친구들은 죄다 부자가 됐다는데, 진작 고향을 떠난 봉규에게는 그런 기회조차 없었다.

봉규랑 동갑인 태구는 아직 대학 시절에 진 빚이 남아 있었다. 태구의 빚쟁이는 모교 대학이다. 어느 화창한 봄날, 키만 큰 복학생 태구는 동기, 후배 들과 함께 과방에서 고기를 구워 먹었다. 그런데 상추가 없었다. 짝사랑하는 미선이도 있는 자리였다. 그러니 상추가 없어서는 안 됐다. 태구는 반드시 상추를 구해 오겠다고 미선이에게 맹세했다. 그러는 자신이 퍽 멋지게 느껴졌다.

단과대 건물을 나오자마자 기적처럼 상추가 보였다. 농과대 건물 옆에 비닐하우스와 텃밭이 있었는데, 자그마한 텃밭에는 싱싱한 상추가 무럭무럭 자라고 있었다. 농대 애들이 키우는 상추니까 보나 마나 유기농일 것이라 생각했다.

"산삼 캐듯이 아주 조심해서 뽑아야지. 이건 미선이 먹일 상추니까."

농대 학생들이 허구한 날 고기나 구워 먹으려고 상추를 재배하는 줄 착각한 태구는 조금만 따 가려고 했을 뿐이다. 하지만 텃밭에는 웬일인지 상추가 조금밖에 없었다. 농대 애들이 엠티 가면서 왕창 따 갔나 보다.

태구는 긴 허리를 구부려 욕심 많은 심마니처럼 상추를 있는 대로 몽땅 땄다. 그래봤자 미선이 하나 먹이기에도 부족해 보였다.

"상추가 너무 적어. 우리 미선이 혼자 먹기에도 부족할 거야."

태구가 불만스레 씨부렁거리며 상추를 따고는 찢어지기라도 할세라 곱게 호주머니에 넣었다.

"처음에는 길에 떨어진 쓰레기를 줍는 착한 아저씨인 줄로만 알았다니까요."

농과대 조교는 태구를 힐난하며 이렇게 진술을 시작했다고 한다. 태구가 상추를 뽑던 날, 봄바람을 쐬고 싶던 농과대 조교가 3층 창문을 열다가 그 꼴을 보고는 하얗게 질린 두 손으로 입을 막았다. 얼른 비명을 질러야 하는데, 너무 기가 막혀 말조차 나오지 않았다. 침을 두어 번 삼키자 효과가 있었다. 마침내 여자의 다급한 외침이 거의 학교 전체에 울려 퍼졌다.

"도, 도, 도둑이야! 누가 상추를 훔쳐가요!"

곧이어 수위 아저씨가 호루라기를 불며 헐레벌떡 뛰어왔고 태구는 영문도 모른 채 붙들렸다. 키 작고 깡마른 수위 아저씨가 숨을 할딱이며 태구의 가느다란 허리춤을 두 손으로 꽉 잡고 흔들어댔다.

"누가 경찰에 신고 좀 해줘요. 내가 이놈 잡고 있을 테니까."

이때다 싶어 나서는 남학생이 있었다. 팔뚝이 굵고 얼굴이 시커먼 녀석이었다.

"아저씨, 비키세요. 내가 잡고 있을게요. 누가 사진 좀 찍어 줘요! 내가 이 도둑놈을 현행범으로 잡았다고요! 내가 제압하는 장면 좀 찍어줘요."

경찰관 시험을 준비하는 팔뚝 굵은 학생은 태구의 길지만 가냘픈 팔을 힘껏 꺾어 이상한 도형처럼 만들었다. 그러고는 주머니에서 상추를 빼내 증거랍시고 흔들어댔다. 태구가 아파서 비명을 질렀지만 그 남학생은 비명이 커질수록 자신이 강하게 느껴졌다.

이 미담은 현장 사진과 함께 곧 대학 신문사에 제보됐다. 사진을 받아 본 학생 기자는 마침 유력 신문사 인턴십에 지원할 때 제출할 포트폴리오가 필요했다. 〈훔친 상추가 한 사람의 인생에 미칠 영향에 관한 슬픈 보고서〉라는 거창한 제목으로 장황하고 황당한 기사 하나를 썼다. 본인은 인턴십 면접 자리에서 심층 기사이자 탐사 보도라고 주장했지만, 면접관들은 고개를 갸우뚱했다. 그러나 코로나 탓에 지원자가 급감했고, 학생 기자는 거대한 꿈에 한 걸음 다가갈 수 있었다.

훈훈한 소식은 또 있다. 팔뚝 굵은 남학생은 얼마 후 태구를 붙잡은 공을 인정받아 경찰서장 표창을 받았고, 경찰관 임용에 큰 밑바탕이 되었던 것이다.

미선이에게 준답시고 몽땅 뽑은 상추는 국비 8532만 580원이 투입된, 질병에 저항성이 강한 신품종 연구용이었다. 그러니까 태구는 나랏돈 8532만 580원을 몽땅 뽑아버린 것이었고,

이번엔 농과대 학장한테 붙들려 가서 머리털이 뽑힐 차례였다.

이제 막 경위로 진급한 경제2팀 허 형사는 어깨에 힘이 잔뜩 들어가 있었다. 더 이상 사법경찰리가 아니라 사법경찰관이 된 자신이 마치 검경 수사권 조정으로 검사라도 된 것 같은 기분이었다.

"똑바로 말해!"

허 형사가 주먹으로 책상을 탕! 치자 태구가 겁먹은 새끼 고양이처럼 오들오들 떨었다.

"너, 묵비권은 재판에서 불리하게 작용할 수 있어."

허 형사가 빈정거리듯 입술을 삐죽 내밀자 두툼한 입술이 툭 상스레 튀어나왔다. 거의 허태구의 주먹만 해 보였다. 가뜩이나 겁 많은 태구는 재판이라는 말에 오줌을 쌀 뻔했다. 낯빛도 파랗게 질렸다가 벌겋게 달아올랐다가 노랗게 핏기를 잃어서 얼굴이 무지개처럼 보였다. 얼마나 겁에 질려 움츠러들었는지 거북이처럼 목이 사라지는 마술같이 보였다.

그러나 태구는 뭐라 할 말이 없었다. 반드시 그녀만은 지키리라 다짐했다. 미선이 주려고 뽑은 상추라고 말했다가 미선이까지 공범으로 몰릴까 겁이 났던 것이다.

"……죄송해요."

그렁그렁했던 눈물이 뚝뚝 떨어져 무릎을 적셨다.

"너 이거 피해액이 커서 구속될 수도 있어. 그러니까 똑바로 말하라고."

허 형사는 자신이 드디어 경위가 되었으니, 영화에서 보던 장면처럼 피의자를 더욱 윽박지르고 싶었다. 그럴수록 자신이 정말 검사라도 된 듯했다.

"죄송해요. 근데 똑바로 말하고 있어요."

"그럼 정말 먹으려고 상추를 뽑았단 거야?"

"……네."

"이거 안 되겠구만. 이봐, 조 형사!"

허 형사는 경제2팀에서 가장 만만한 조 순경을 불렀다.

"국비가 투입된 상추를 뽑은 사례가 있어? 관련 판례 좀 찾아와봐."

그러자 책상에서 볼펜을 조르르 굴리며 놀던 경제2팀장 김경감이 점잖게 훈수를 뒀다.

"이봐, 허 형사. 판례까지 뒤질 게 뭐 있어. 국가에 해를 끼쳤으니 국가보안법으로 가야지."

그 말에 태구는 아연실색해서 하얗게 질렸다. 얼굴에 떴던 무지개 빛깔이 걷혔다. 국가보안법이 뭔지는 잘 몰라도 아주 무서운 법이라는 것쯤은 알고 있었다.

허 형사는 김 경감의 어설픈 훈수가 농담인지, 진담인지 몰라 긍정도 부정도 할 수 없었다. 어쨌든 자신보다 계급이 높으므로 김 경감이 더 똑똑한 사람이라고 생각했다. 그래서 대놓고 반박하기보다는 자신의 다른 견해를 겸허하게 내놓았다. 자리에서 벌떡 일어나 시커먼 두 손을 모아 습진으로 고생 중인 사타구니를 공손히 가리며 말했다.

"팀장님, 저기, 상추는 식품이니까 식품위생법 위반이 아닐는지요?"

김 경감이 이 사건에 관심을 보이자 여기저기서 박 형사, 최 형사, 이 형사 등이 서로 잘났다고 끼어들었다. 단순 절도에 불과하다……. 아니다, 이것은 업무방해다……. 그것도 아니다, 이것은 재물손괴거나 공용물건손괴로 보아야 한다……. 그들의 말을 종합해보던 허태구는 자신의 죄가 너무 무거워 사형에 처해질 것 같았다.

"저기, 경찰님들. 저는 이제 어떻게 되는 건가요?"

"뭘 어떻게 돼! 감옥에 가야지."

허 형사는 태구의 미래를 예언하듯 말했다. 물론 태구는 감옥에 갈 운명이었다. 훗날 그의 일터가 감옥이니까.

"감옥이라뇨! 저 학생이 있어야 할 곳은 강의실과 도서관입니다."

학장이 교수 몇 명을 대동한 채 경제2팀에 들어서자 김 경감이 자리에서 벌떡 일어났다. 그러자 모두들 벌떡 일어났다. 왜 일어나는지 그들도 몰랐지만, 아무튼 높아 보이는 사람들이 입장하면 일단 자리에서 일어나는 게 버릇이 됐다.

"이 학생은 제가 잘못 지도한 탓이 크니 학교에서 교육적 차원에서 편달하겠습니다."

편달이 무슨 뜻인지 아무도 몰라 그냥 고개만 끄덕거린 경제2팀. 뒤이어 경찰서장이 들어서서 학장에게 깍듯이 인사를 하자 그걸로 모든 게 끝이 났다. 태구는 경찰서 조사실에서 농과대 학장실로 자리를 옮겼다.

곧 있을 총장 선거에 입후보 할 학장은 이번이 자신의 관대함을 보여줄 절호의 기회라고 여겼다. 자신을 반대하는 사람들도 학장의 관용을 보고 마음을 돌리리라 기대했다. 저렇게 너그러운 사람이 총장이 되면 자신들도 태구처럼 용서받을 수 있으리라 기대하고 마음을 돌릴 것이 아닌가. 이게 학장의 계산이었다. 학장은 사실 허태구에게 화가 단단히 나 있었다. 그러나 농과대 학장은 교육자답게 어흠, 어흠 점잖게 헛기침을 두어 번 하며 뒷짐을 진 채 창가를 서성였다. 더 배운 사람이라 그런지 팔뚝 굵은 남학생보다는 점잖았다. 학장은 이게 허태구에게 좋은 가르침을 줄 기회라는 데 생각이 미쳤다.

"자네도 성년이니 책임이라는 단어의 무게쯤은 알 걸세. 그 낱말의 의미를 배우는 수업료라고 생각하게."

그 8532만 580원짜리 수업료에서 태구는 아직 완전히 벗어나지 못하고 있던 것이다. 갚아야 할 빚이 이자까지 합해 3943만 4,509원 남았다. 물론 월급이 차압당해 원천징수 된다. 태구가 늘 주눅이 들어 사는 가장 큰 이유는 여기에 있다.

둘의 사정이 이러니 캐리어 속에서 끄집어낸 이 숱한 돈뭉치를 보고 탐이 안 날 수가 없었다.

"그런데 이거 누구 돈이야? 우리가 마음대로 막 꺼내봐도 돼?"

당연히 안 되는 줄 알면서도 태구가 물었다. 기봉규에게 책임을 떠넘기고, 그가 시키는 대로 그냥 따를 생각이었다.

봉규가 답답하다는 듯 혀를 끌끌 찼다.

"이미 꺼내놓고 뭘 그래. 한때는 누구의 돈이었지만, 이제는 그 누구의 돈도 아니지. 임자 없는 돈이란 말이야."

"그게 무슨 뜻이야?"

"이 돈이 무슨 돈인지 알지?"

태구가 고개를 끄덕였다.

"이 돈은 특별영치된 특별영치품이야. 너 그게 무슨 뜻인지는 알지?"

태구가 이번에는 조금 늦게 고개를 끄덕였다.

교도소에 수감되는 수용자는 지위 고하를 막론하고 본인이 소지하던 물건을 교도소에 몽땅 맡겨야 한다. 보통 자질구레한 것들이 대부분이지만 간혹 금목걸이 등의 금붙이, 고가의 휴대폰, 현금 다발 같은 걸 소지한 채 잡혀 들어오는 경우도 있다. 특히 외국으로 도주하려다 공항에서 붙들린 사람은 캐리어를 통째로 영치시키는데 그 속에는 달러나 유로화가 뭉칫돈으로 들어 있는 경우가 많다.

"근데 봉규야."

"왜?"

"이거 영치시킬 때 주인이 금액 다 확인하고 손도장 찍잖아. 우리가 손댔다가는 금세 들통날 거야."

"그렇지. 당연하지."

"근데 왜 우리가 이 돈에 관심을 가지고 있는 걸까? 얼만지 세어보기까지 하고 말이야."

"이제 그래도 되니까."

봉규는 흡족한 듯 입꼬리 한쪽을 슬쩍 들어 올렸지만, 눈빛에는 어쩔 수 없이 약간의 두려움이 스쳤다.

"그게 무슨 말이야? 이제 그래도 된다니?"

제대로 대답 안 해주면 태구가 밤새도록 물을 것 같아서 봉규는 계획을 다 털어놨다.

두 시간 전에 3사동에서 돌연사 했다는 노인 얘기는 태구 너도 들었을 것이다, 이 캐리어는 그 노인이 영치한 것이다, 그러니 이 캐리어 안에 뭐가 들었는지 아는 사람은 아무도 없다, 너와 나 말고는…….

봉규가 쐐기를 박듯 말했다.

"이 노인네가 여기 입소할 때 이 캐리어를 영치 접수한 직원들 있을 거 아냐. 박 주임이랑 조 주임, 그리고 누구였더라? 아, 한 주임. 그 사람들 지금 어디 있어? 다른 교도소로 발령 나서 전출 갔거나 퇴직했잖아. 그러니 이제 이 캐리어의 비밀을 아는 사람은 아무도 없는 셈이야."

"그래도 이건 아닌 것 같아."

가뜩이나 기운 없는 태구가 기운이 쭉 빠진 채 고개를 절레절레 흔들었다. 후, 하고 바람만 불어도 몇 바퀴 빙글빙글 돌 것만 같은 머리통이었다.

"너 상추 문제는 해결했냐?"

"아니……. 그래도 걸리면 우리 옷 바꿔 입어야 해!"

"태구야, 걸릴 수가 없어. 돈 주인이 죽어버렸다는데 어떻게 걸려. 죽어버린 노인네 인적 사항 봤잖아. 이 캐리어 인수할 가족도 없어. 독거노인이야."

하지만 태구는 여전히 불안한지 덜덜덜 떨었다.

"좋아, 혹시 걸리면 나 혼자 뒤집어쓸게!"

기봉규는 마음에도 없는 큰소리를 땅땅 쳤다. 그 말이 허태구의 마음을 크게 움직이긴 했지만.

이렇게 설왕설래하는 동안 시간은 어느덧 밤 9시에 가까웠다. 영치창고 양철지붕은 곧 뚫릴 듯이 폭우를 받아내고 있었고, 그 소란한 소리가 둘의 은밀한 목소리를 묻어주었다. 비밀을 가려주듯이.

"이렇게 하자!"

봉규는 속으로 태구를 원망했다. 이 돈을 혼자서 발견했더라면 독차지할 수 있었을 텐데, 태구와 함께하는 일이라서 같이 발견할 수밖에 없었다. 어쩔 수 없이 태구와 공범, 아니 동업자가 돼야 했다. 문제는 기봉규가 허태구를 전적으로 믿지 못한다는 것. 허태구가 정직하지 않아서가 아니라 너무 솔직하기 때문에 불안했던 것이다. 언제든 아무나 붙잡고 "죄송한데, 그 캐리어 속에 돈이 들어 있는데요. 아주 많아요"라고 고민 상담을 할 수도 있을 것 같았다. 그래서 기봉규는 속닥속닥 이렇게 제안했다.

"500만 원짜리 돈뭉치가 총 180개 있어. 이걸 내가 퇴근할 때마다 조금씩 숨겨서 가지고 나가는 거야. 담장 밖, 저 밝은 세계로 말이지."

"아니, 그걸 왜 네가……!"

"끝까지 들어봐. 이 캐리어 주인이 사망하자마자 그 사실을 내가 듣게 됐어. 너 오용수 알지? 그 싸가지 없는 주임 새끼. 우리보다 세 살이나 어린데 한 계급 높다고 뻐겨대는 놈 말이야. 아까 저녁 먹고 담배 한 대 피우고 들어오는 길에 오용수 그놈이 경위서 쓰고 있는 걸 봤거든. 오용수가 관리하는 3사동에서 노인이 죽었다고."

"그래서?"

봉규는 의미심장한 표정을 지은 채 대꾸했다.

"그래서 아직 아무도 모른다고. 이 캐리어 안에 뭐가 들었는지. 그러니까 우리는 앞으로 이렇게 할 거야. 뭐냐면……."

쾅! 쾅! 쾅!

봉규의 말이 채 끝나기도 전에 누군가 거칠게 문 두드리는 소리가 났다. 쾅! 쾅! 쾅! 거침없는 굉음에 둘은 깜짝 놀라 눈이 달걀만 하게 커졌다. 양철지붕에 떨어지는 폭우보다 더 큰, 우레와도 같은 소리였다. 그 소리에 심장이 땅바닥에 뚝 떨어지는 듯했다.

둘은 직감했다. 저렇게 당당하게 문을 때릴 수 있는 사람은, 그것도 이 시간에 교도소를 맘대로 돌아다닐 수 있는 사람은 딱 두 사람뿐이라는 걸. 그리고 문이 열리기를 기다리지 못하는 성미 급한 사람은 그 둘 중 한 명이라는 걸.

“이런 젠장맞을! 수용자 관리를 어떻게 했기에 죽어버린단 말인가! 죽을 걸 왜 예측하지 못했나. 교도관은 수용자가 언제 죽을지도 알고 있어야 한단 말이다!”

“이제 소장님 귀에도 들어갔을 것이고, 내일이면 지방청, 본부, 법무부에서 계속 나를 괴롭힐 것이다.”

“이 일을 어떻게 수습할 텐가!”

“이번 일에 관련된 자들에게는 엄중히 책임을 묻고 차후 재발 방지를 위한 안을 올려!”

“특히 오용수 주임!”

보안과 사무실이 흔들릴 정도로 고성을 질러댄 보안과장은 이런 상황에 적절한 사자성어를 생각해내려다가 끝내 실패하고 만다. 그래서 더 화가 난 그는 지휘봉을 집어던지고는 씩씩거리며 밖으로 뛰쳐나갔다.

시간이 벌써 8시가 넘었지만, 다들 퇴근할 분위기가 아니었다. 곧 참수를 기다리는 사형수처럼 사각형의 커다란 머리통을 푹 늘어뜨린 오용수를 보며 모두 혀를 끌끌 찼다.

저승사자도 아니고 죽음을 어떻게 예견한단 말인가. 오용수는 너무 억울했지만 어쨌든 자기가 그 사동의 담당이니 할 말이 없었다. 커다란 머리통도 죽음을 예견하는 데는 별로 쓸모가 없었다.

"이런 개 같은 경우가 다 있나. 이따위 직장 같지도 않은 거 진작 때려치웠어야 했는데!"

보안과 사무실을 슬쩍 빠져나온 오용수는 툽상스레 입을 삐죽 내민 채 씨우적거렸다. 물론 아무도 들을 수 없을 정도로 나지막이 툴툴대는 것이었지만. 이 직장 관둔다고 다른 데 갈 수 있는 것도 아니면서 괜히 저렇게 한마디 해야 그나마 상처받은 자존심이 위로받는 모양이었다.

오용수가 오줌을 싸는 그때, 보안과장은 교도소 구석구석을 굶주린 쥐처럼 이리저리 돌아다녔다. CCTV를 의식하면서. 이 시간에 순시를 도는 자신의 피사체가 CCTV에 포착되면 그나마 소장이 자신한테 화를 덜 낼 것 같았다. 물론 소장이 과장이 몇 시까지 일하는지 확인하기 위해 CCTV를 돌려 보는 경우는 없다. 그래도 보안과장은 그렇게라도 해야 마음이 편할 듯싶었다.

총 16개의 사동에 총 2,000여 명의 수용자를 가둔 이 거대한 시설의 모든 보안을 책임진다는 것은 어깨가 으쓱한 일이면서 동시에 어깨가 무거운 일이었다. 그래서인지 보안과장은 목 디스크로 고생 중이었다.

"아니, 저기에 왜 아직 불이 켜져 있는 건가."

각 사동을 돌면서 교도관들에게 실컷 잔소리를 늘어놓은 보안과장은 왠지 영치창고 쪽으로 가보고 싶은 마음이 들었다. 그런데 진작 불이 꺼져 있어야 할 창고에 형광등이 껌뻑거리고 있는 게 아닌가.

"에너지 절약하라는 정부의 시책이 하달된 지가 벌써 여러 해째인데, 아직도 이따위 정신머리로 근무하다니!"

보안과장은 영치창고에 만약 교도관이 아무도 없고 불만 켜져 있다면 내일 담당자인 기봉규와 허태구를 불러 혼이 쏙 빠지게 혼쭐을 내주고 경위서를 쓰게 할 작정이었지만, 쾅! 쾅! 쾅! 신경질적으로 문을 두드리자 안에서 인기척이 났다. 뭔가를 급히 후닥닥 숨기는 듯한, 뭔가 육중한 것을 급하게 질질 끄는 듯한 소리가 들리는 듯싶었다.

보안과장이 문을 두드려도 바로 열리지 않았다.

"어디 감히!"

시커먼 보안과장의 얼굴이 벌게져서 검붉은 빛을 띠었다. 다시 한번 문을 세차게 때리자 드디어 문이 열렸다.

"자네들, 이 시간까지 뭐 하고 있는가. 우리는 정시 퇴근하는 공무원이 아닌가! 초과수당 많이 찍으면 위에서 싫어하는 거 모르는가."

보안과장이 둘을 못마땅하게 빤히 쳐다보며 물었다. 그런데 낌새가 영 수상했다. 영치창고는 수용자들의 재산을 보관하는 창고였다. 그래서 더 의심스러웠다. 이 야심한 시간에 둘이서 문까지 걸어 잠그고 뭘 하고 있었단 말인가.

"묻잖아, 뭐 하고 있었느냐고."

둘은 대답하지 못하고 하얗게 질려 있었다. 이 시간에 보안과장이 나타날 줄 누가 상상이나 했겠는가. 그나마 아까 기봉규가 문을 잠갔으니 천만다행이지, 하마터면 꼼짝없이 들킬 뻔했다.

"묻잖아, 이 시간에 문까지 걸어 잠그고 뭘 하고 있었냐고!"

움찔한 기봉규가 뭐라고 핑계를 대야 좋을지 고민하고 있을 때, 소심한 태구가 겁에 질린 목소리로 대꾸했다.

"수용자 영치품에 이상이 생겨서 정리 중입니다."

봉규의 퍼렇게 질린 입술 사이로 아, 하는 신음 소리가 들릴 듯 말 듯 새어 나왔다.

오늘 어떤 수용자 하나가 죽었는데, 또 다른 수용자의 영치품에도 이상이 있다니. 사람이고 물건이고 총체적인 난국이로구나 싶었다. 다혈질에 술 좋아하는 보안과장은 오늘 아직 술을 못 마셔서 그런지 신경이 예민해져서는 그 말을 듣고 화를 버럭 냈다.

"자네들이 영치품 담당이잖아! 문제가 생기면 몽땅 자네들 책임이니까 정리 똑바로 해놓고 퇴근하라고!"

"죄송합……."

사과가 채 끝나기도 전에 문이 다시 쾅 하고 닫히더니 보안과장이 사라졌다. 꼼꼼한 사람 같았으면 뭐가 어떻게 문제가 있는지 물었을 테지만, 술 좋아하는 보안과장은 스트레스로 갑자기 술이 확 당겨서 술 마시러 갈 생각밖에 안 들었다. 문제가 생기면 담당에게 떠넘기면 그만이라는 생각에 별로 흥미도 안 생겼다.

봉규는 태구를 향해 포도나무에서 포도를 따듯이 팔을 위로 길게 뻗었다. 그러고는 태구의 멱살을 잡아 마구 흔들어댔다. 하지만 철봉에 매달려 있는 듯 되레 기봉규의 몸이 앞뒤로 흔들렸다.

"그냥 내가 대충 둘러댈 텐데 왜 쓸데없는 소리를 한 거야? 보안과장이 눈치채면 어쩌려고!"

머리통이 사정없이 흔들리는 태구는 무기력하게 사과했다. 봉규가 태구를 평소에 그렇게 막 대하는 건 아니지만, 9억 원이 왔다 갔다 하는 판이라서 예민해져 있었다.

"너 정말 입조심해. 앞으로 이 얘기는 절대 입 밖으로 꺼내지도 마!"

봉규는 단단히 입단속을 시켰다. 하지만 입조심을 해야 할 사람은 바로 봉규였다. 봉규가 씩씩거리는 소리를 우연히 엿들은 사람이 있었기 때문이다. 그 사람은 수용자 사망과 관련해 보안과장에게 급하게 결재받을 게 있었는데, 보안과장이 영치창고 쪽으로 갔다는 말을 듣고 이리로 왔다가 우연찮게 봉규의 말을 듣게 된 것이다. 하지만 바빴기 때문에 별일 아닐 거라 여기고는 보안과장을 찾아 다른 데로 떠나버렸다.

"자, 아까 하려던 말을 계속할게. 잘 들어."

기봉규는 아주 간단하지만, 본인이 생각하기에 빈틈이 없는 완벽한 계획을 말해주었다.

이 돈을 다른 캐리어에 담아놓을 것. 그 다른 캐리어는 출소 날짜가 한참 남아서 아무도 열어볼 일 없는 캐리어일 것. 그리고 원래 거금이 들어 있던 문제의 캐리어에는 돈 대신 잡동사니를 넣어둘 것. 절대 그런 일이 벌어지면 안 되겠지만 누군가 사망자의 특별영치금 금액을 정확히 알고 있고 그것을 요구하면 눈물을 닦고 그대로 내어줄 것. 하지만 사망한 수용자는 가족이 없기에 그럴 확률은 매우 낮다고 보고 긍정적인 마음으로 이 계획을 추진해나갈 것. 돈은 자신이 조금씩 밖으로 빼내되 태구는 손도 대지 말 것. 그리고 돈을 절대 쓰지 말고 잠시 지켜보다가 별 탈이 없다 싶으면 적절한 시점에 사이좋게 절반씩 나눌 것. 그리고 영원히 이 돈에 대해 침묵할 것.

"절반씩 나누자."

이 말을 할 때 기봉규는 울고 싶었지만 어쩔 수 없었다. 다른 사람도 아니고 허태구와 절반을 나누는 게 그렇게 억울할 수가 없었다.

"하지만 만약 네가……."

"만약 내가 그 돈을 너 몰래 떼먹거나 써버린다면?"

"……응."

"바보야, 너 이 돈의 총액을 알지? 그런데 내가 어떻게 이걸 떼먹어."

"그래도……."

상추 빚을 떠올린 태구는 아무래도 불안한지 평소와 다르게 집요했다.

"그래도 뭐? 아까 너 때문에 보안과장한테 들킬 뻔한 거 몰라? 그런 너한테 돈을 맡겨야겠어? 너라면 그럴 수 있겠어?"

봉규의 일갈에 태구는 시무룩하게 눈알을 내리깔면서도 계속 반항하듯 징징거렸다.

"그래도……."

봉규는 지쳤는지, 아니면 태구의 걱정에 공감했는지 이렇게 제안했다.

"좋아. 그럼 이렇게 하자! 더 이상 양보는 없어."

이렇게 해서 둘은 그 자리에서 각서를 작성했다. 돈의 총액, 당사자 인적 사항, 계약 사항 등. 뭐 내용이야 간단했다. 봉규와 태구가 임자 없는 돈 9억 원을 나눠 가진다는 것, 비밀을 지킬 것, 그리고 오래오래 행복하게 살겠습니다, 라는 내용.

비로소 조금은 안심이 된 허태구. 그러나 이 각서가 시간이 지날수록 아무런 효력을 가지지 못하게 될 거라고는 전혀 생각지 못했다.

"자, 그럼 일단 오늘은 뭉치 3개를 가지고 나갈게."

봉규는 바지 양쪽 주머니와 근무복 점퍼 안주머니에 돈뭉치를 각각 한 개씩 넣었다. 주머니가 불룩해지자 문득 걱정이 됐다. 교도소는 보안구역이라서 허가받지 않은 물건은 교도관이라 해도 소지할 수 없었다. 핸드폰, 담배는 물론이고 수상쩍다 싶은 물건은 일체 안 된다. 그걸 수용자에게 전달하거나, 보안에 위해를 가할 수 있기 때문이다. 마주치는 모든 교도관들이 감시꾼들이 될 수 있다. 주머니가 지나치게 불룩하면 불러 세워서 물어보는 사람도 있다. 특히 엉뚱할 때 갑자기 책임감이 투철해지는 계장들이나 보안과장, 자신이 봉규보다 높다는 걸 만끽하고 싶어 하는 못된 주임들이 그런 짓을 할 가능성이 높다. 예전에 허태구가 주머니에 김밥을 넣어 오다가 오용수한테 들켜 야단을 맞은 적도 있다.

문제는 또 있었다. 교도소는 수십 개의 문으로 이루어져 있는데, 각각의 문은 교도관이 지문을 찍거나 비밀번호를 눌러야 통과할 수 있다. 그러나 그럴 수 없는 곳이 딱 두 군데 있는데, 정문과 외정문이다. 외정문은 교도소 시설 전체의 문으로서 주로 차량을 통제하거나 가족 접견 오는 민원인들을 안내하는 곳이다. 그러다 보니 외정문은 대개 개방된 상태라서 휙 지나가면 그만이다. 통과할 때는 사복으로 갈아입은 상태인 데다 만사가 귀찮은 외정문 근무자는 교도관들에게 별 관심이 없다.

하지만 정문은 사정이 달랐다. 정문은 교도소 담장 안과 밖을 경계 짓는, 교도소 밖에서 아무나 못 들어오게 막고, 교도소 안에서 아무나 못 나가게 하는 삼엄한 문지기 역할을 하는 곳이다. 교도소를 성이라고 치면, 담장은 성벽이고 정문은 그 성 전체의 유일한 문이다. 무기를 휴대한 채 정문을 지키는 세 명의 교도관들은 오가는 사람과 그 소지품, 차량 들을 매섭게 쳐다본다. 함부로 사람이나 차량을 들이거나 내보냈다가 사고가 나면 중징계를 받기 때문이다. 변호사들이 변호인 접견을 핑계로 와서 수용자에게 규정에 어긋난 물품을 전달하려다 적발되는 곳도 정문이다.

교도소 밖으로 나가려면 정문을 반드시 통과해야 했다. 정문까지 가는 동안 마주치는 사람들도 문제지만, 이 정문은 정말 만만치 않은 관문이었다. 물론 변수는 있었다. 누가 근무를 서고 있느냐에 따라 육중한 정문은 빡빡할 수도 헐렁할 수도 있었다.

끝없는 돈다발

"이런 신발끈!"

지미라는 법원 계단을 내려오다 킬힐이 삐끗해서 자빠지자 욕부터 나왔다. 법원의 권위는 계단에서 나오는지 유난히 하나하나가 높고 개수도 많았다.

동네 작은 보습학원에서 아이들을 가르치다 보니 아이들한테 욕부터 배운 지미라였다. 유독 말 안 듣고 욕 잘하는 초등학생이 "씨발"이라고 지미라에게 욕하자, 한 번만 더 욕을 하면 엄마한테 이른다고 경고했다. 그러자 그 녀석은 다음부터 "신발"이라고 했다. "신발"도 하지 말라고 하자 "신발끈"이라고 했다.

지미라는 그 녀석보다 그 엄마를 더 싫어했다. 상담하러 온 녀석의 엄마가 욕쟁이 아들을 근처 완벽학원으로 옮기겠다는 것이었다. 지미라한테 수강료를 바치는 아이들이라고 해봤자 초등학생 다섯 명이 고작이었다. 빈 교실을 독서실처럼 쓰는 막냇동생 지범수는 당연히 돈을 내지 않는다. 겁쟁이 지범수는 아이들 앞에서만 용감한데, 그래서 떠드는 아이들에게 험상궂은 표정을 짓는, 일종의 바람잡이 역할을 하는 걸로 독서실비를 갈음했다.

기봉규와 지미라 사이에 아직 자식이 없어 망정이지 이렇게 벌어서는 안 될 일이었다. 시아버지, 그러니까 기봉규의 아버지가 진 빚을 갚느라 결혼을 한참 미뤄야 했고, 모아둔 돈도 없었다. 얼마쯤 모았다 싶으면 또 시아버지가 사고를 쳐서 변호사비와 피해자 합의금으로 날리곤 했다. 기봉규가 아버지와 인연을 완전히 끊고 빚에서 해방되고 나서야 둘은 결혼할 수 있었다.

"효부 났네, 열녀 났어!"

지미라는 언니가 이렇게 빈정거릴 때마다 이혼을 결심했지만, 그래도 그간의 정이 무서운 법이었다.

"그냥 이혼해, 이년아. 난 그 인간이랑 갈라서고 대통령 딸도 안 부러워."

얼마 전 이혼한 언니가 지미라에게도 이혼을 종용했지만 그때마다 오기가 생겨 기봉규 편을 들었다.

"대통령 딸? 됐다그래. 난 대통령 아들 같은 남자랑 같이 살 거든!"

자존심에 말은 이렇게 했지만, 속은 양은냄비에 든 것처럼 팔팔 끓었다. 고등학교 때부터 사귀던 기봉규를 쉽게 버릴 수는 없었다. 지미라에게도 그 정도의 의리는 있었다. 크게 착하게 살진 못했어도 크게 나쁜 일도 해본 적 없는 그녀였다. 그러나 이번엔 좀 달랐다.

"대통령 아들은 무슨……. 지미랄! 내가 어쩌다 법원 문턱까지 드나들게 됐지. 신발끈!"

지미라의 보습학원 부근에 몇 해 전 완벽학원이라는 새로운 입시학원이 등장했는데, 그 학원은 지미라 동네 사교육의 블랙홀이었다. 절이든 교회든 학원이든 무턱대고 크면 좋은 곳이겠거니 생각하는 사람들이 자식을 그리로 보냈던 것이다. 지미라의 수강생이 쪼그라든 건 그 탓이었다.

하지만 그 학원 원장의 경력과 학력이 조작됐다는 걸 지미라는 알고 있었다. 국내 유수 대학의 수학교육학과를 졸업하고, 미국 동부 명문대에서 수학으로 석박사를 취득한 끝에 동네 입시학원을 차렸다는 그 허풍에 속을 지미라가 아니었다.

"진실을 밝혀야 해. 꼭 날 위한 게 아니라도 말이야."

누구를 위한 진실인지는 지미라가 더 잘 알고 있었다. 진실이

수면 위로 떠오르고 정의가 실현됐는데, 그 결과가 자신에게 유리하면 당당하게 진실과 정의의 편에 설 지미라였다.

– 그 원장 학벌 거짓말 같아요.
– 학원에 걸어놓은 미국 대학 졸업장 잘 보세요. 위조한 티가 나지.
– 몇 해 전에도 학벌 위조로 떠들썩했잖아요. 우리나라에 학벌 사기꾼 많아요.
– 그런 거짓말쟁이한테 애들을 맡겼다가는 성적은커녕 인성까지 엉망이 된다니까요.

이런 식으로 동네 맘카페에 글을 올린 게 시작이었다. 그러나 반응이 영 시원치 않았다. 더 자극적인 게 필요했다. 그때 마침 그 원장이 영어 선생과 함께 차를 타고 어디론가 가는 걸 목격한 지미라.

– 그 원장 말인데요. 젊고 예쁜 영어 선생과 그렇고 그런 사이라는 소문이 파다해요. 애들이 뭘 배우겠어요.

이쯤 되자 입질이 왔다. 몇몇이 입에 거품을 물고 지미라의 글에 동조하기 시작했고, 지미라가 여태껏 썼던 모든 글이 순식간에 설득력을 얻었다.

문제의 원장은 시끄러워지는 게 싫어서 아이디 flower2848을 내버려뒀었다. 하지만 불륜 이야기까지 나오자 더 이상 참고 두고 볼 수 없었다. 결국 flower2848을 모욕죄로 고소했다. 명예훼손으로 고소하지는 않았는데, 그 이유에 대해 궁금해하는 사람은 드물었다.

경찰이 flower2848의 정체를 파악하는 데는 며칠 걸리지도 않았다. 지미라는 검찰에 송치됐고, 약식으로 기소됐다. 방금 삐끗하며 법원 계단을 내려올 때 지미라의 머릿속에는 벌금 300만 원을 어떻게 마련하나 하는 걱정뿐이었다.

게다가 완벽학원 원장이 1억 원 민사소송까지 걸어온다고 통보했다. 지미라의 악성 댓글로 인해 학원 경영에 심대한 타격을 입었다는 것이다.

"이런 개자식!"

집으로 향하던 지미라가 욕을 퍼붓자 산책 나온 강아지가 멍멍 짖어댔다.

"어차피 먹튀 학원이면서."

지미라는 완벽학원의 정체를 알고 있었다. 그런 학원들은 대개 한 자리에서 몇 년간 순진한 학부모를 우려먹고는 폐업을 한다. 그러고는 다른 데 가서 또 대대적으로 홍보를 하며 감언이설로 아이들과 학부모들을 꼬드긴다. 당신 아이는 머리는 참 좋은데 노력이 부족해요, 하면 잘할 아이예요, 우리가 조금만 도와주면 글로벌 인재로 성장할 수 있어요…….

"어차피 이제 슬슬 학원 문 닫을 거면서, 실력이 없어 수강생 줄어드는 걸 가지고 왜 날 탓해?"

지미라가 억울해해봤자 법이라는 건 나쁘지만 법을 지킨 사람보다는 착하지만 법을 어긴 사람한테만 관심이 있다. 지미라는 이 일을 남편 기봉규한테 어떻게 말할지 눈앞이 캄캄했다.

지미라가 씩씩거리고 있던 그 시각, 3사동의 담당이자 이번에 크게 사고를 친 오용수도 씩씩거리며 수용자들에게 분풀이를 하고 있었다. 분풀이라고 해봤자 변호사 뒷배가 없는 만만한 노역수, 어린 소년수 들을 상대로 호통을 치는 게 고작이었다. 비싼 변호사를 등에 업은 돈 많은 사기꾼, 조폭, 살인범 앞에서는 찍소리도 못 하는 오용수였다.

"정리정돈이 왜 이렇게 안 된 거야! 방 꼬라지가 이러니까 사고가 나겠어, 안 나겠어! 보안과장님이 이 꼴을 보시면 나보고 뭐라 하실 게 아냐!"

"너희들은 왜 이렇게 떠드는 거야. 넌 아침부터 뭐가 좋다고 노래를 불러!"

"방에 들어갈 때는 신발 정리 좀 제대로 하고 들어가랬잖아. 똑같은 말을 대체 몇 번이나 해야 되나!"

오용수는 1방부터 3방까지 잔소리를 늘어놓았지만, 강력방인 4방은 그냥 건너뛰고 다시 잡범방인 5방 앞에서 허리춤에 양손을 올려놓은 채 노려보고 있었다.

"오 주임, 그만 좀 합시다!"

몇 번 방에 있는 누군지는 모르지만 오용수에게 시비를 걸어왔다. 화약에 부싯돌을 탁탁 튀긴 셈이다. 발끈한 오용수의 목에 선 핏대가 동아줄처럼 굵어졌다.

"누구야! 어느 놈이야!"

그러자 조금도 주눅 들지 않는 목소리로 범인이 자수했다.

"나요, 어금니. 껄껄껄."

어금니. 4방의 방장이자 3사동 전체의 지배자. 담당인 오용수가 낮의 국무총리라면, 어금니는 밤낮으로 대통령이었다. 어금니는 자신을 가둬둔 3사동뿐 아니라 이 교도소 어딜 가나 모든 수용자가 굽실대는, 조폭 두목이었다. 그는 자신이 교도소에 갇혀 있는 게 아니라 그냥 아우들하고 조금 낡은 호텔에 공짜로 거주하고 있는 듯 행복하고 만족스러운 모습이었다.

그가 어금니로 불리게 된 데는 슬픈 사연이 있다. 그가 기분

좋게 술 한잔하고 귀가하던 때, 경쟁 조직의 똘마니 셋이 그를 덮쳤다. 녀석들은 다짜고짜 어금니의 복부를 노렸다. 하지만 복부에 꽂힌 칼을 제 손으로 뽑은 어금니는 껄껄껄 웃으며 똘마니들을 쓰다듬어주었다. 똘마니들은 아주 오랫동안 병원 신세를 져야 했고, 퇴원하자마자 조직을 탈퇴, 갱생의 길을 택했다.

하지만 이 사건은 어금니에게 큰 상처를 안겼다. 어금니의 복부에는 금빛으로 채색된 호랑이 문신이 있었다. 호랑이는 아가리를 있는 힘껏 벌리고 길고 날카로운 송곳니를 어디에 꽂을까 두리번거리고 있는 형상을 하고 있었다.

똘마니들이 꽂은 칼은 하필 호랑이의 아가리 한가운데를 관통했다. 만약 호랑이의 눈을 찔렀더라면 애꾸눈 호랑이가 되어 어금니가 더 카리스마를 지녔을지도 모른다. 하지만 호랑이의 엄니 사이로 큰 상처를 입게 되어 아가리가 찢어진 호랑이가 된 셈이다.

어금니는 급히 병원을 찾아 복부 봉합수술을 받았다. 수술은 성공적이었다. 상처를 꿰매자마자 어금니는 탈탈 털고 일어나 껄껄껄 웃고는 의사의 어깨를 툭툭 쳤다. 그러나 집에 와서 봉합된 자리를 보자마자 거울을 깨버렸다. 호랑이의 아가리가 어긋나버린 것. 봉합수술을 한 외과의사는 어금니를 살리는 데만 치중했지 미적인 감각은 떨어졌다. 호랑이 아가리의 윗부분과

아랫부분이 어긋나게 봉합한 걸 미처 생각지 못했던 것이다.

이제 어금니가 웃통을 벗으면 아래턱이 오른쪽으로 돌아간 금빛 호랑이가 보인다. 마치 사자한테 세게 한 방 얻어터져서 턱이 돌아간 듯 보였다. 어금니의 경쟁 조직 이름이 사자파라는 점에서 어금니의 분노는 활활 타올랐다.

어긋난 금빛 호랑이. 줄여서 어금니. 새로운 이름을 얻은 그는 단지 자신의 호랑이 문신이 사자한테 얻어터진 듯해 보인다는 이유만으로 사자파의 영역에 쳐들어갔다. 하지만 진급 심사를 앞두고 있던 관할 경찰서의 박 형사는 어금니를 주시하고 있었고, 어금니가 사자파에 욕을 하자마자 지원을 요청, 모조리 체포했다. 어금니가 한 대 날려보지도 못하고 지금 오용수가 관리하는 3사동에 머물러야 하는 이유다. 하지만 그 덕에 형기는 길지 않았다.

아무튼 어금니가 조용히 해달라고 정중히 부탁하자 오용수는 움찔했다. 오용수는 괜히 다른 방에 대고 마지막으로 소리를 한 번 빽 지르고는 마치 급히 다른 볼일이 있어 아량을 베푼다는 식으로 사라졌다.

그렇게 잘 보이려고 노력한 보안과장한테 욕도 얻어먹었겠다, 경위서도 썼겠다, 계장들한테도 눈치 보이겠다, 어쩌면 이번 사건으로 징계를 받을지도 모르겠다, 그러면 진급에서 미끄러질

지도 모르겠다, 사동에서는 어금니 때문에 체면도 안 서겠다, 이래저래 괴로운 오용수였다. 정말 딱 요즘 같으면 교도관 일을 때려치우고 싶었지만, 목구멍이 포도청이라 그럴 수는 없었다.

사동 맨 끝에 위치한 조그마한 근무자실에 앉아서 CCTV나 보던 오용수. 속이 부글부글 끓어오르다 못해 순대처럼 두툼한 주둥이에서 뜨거운 김이 뿜어져 나오는 듯했다. 그때 3사동 근무자실의 전화벨이 울렸다.

"근무 중 이상 없습니다. 3사동 근무자 교위 오용수입니다!"

"오용수 주임님? 조사실 계장 최강이입니다. 이따 시간 괜찮으세요?"

최강이. 7급으로 입직해 20대 후반에 벌써 계장까지 진급한, 이 교도소 최고의 에이스. 에이스답게 조사실 팀장을 맡고 있는 여자. 그 여자라고 어찌 피도 눈물도 없겠는가. 하지만 사건을 대할 때만큼은 피도 눈물도 몽땅 메말라버린 듯한 여자가 최강이였다. 조사실을 다녀온 교도관들 말로는 조사를 할 때만큼은 사이코패스가 따로 없단다.

그 여자가 지금 오용수를 찾고 있다.

덜덜덜. 오용수는 자기도 모르게 부르르 떨다가 어금니로 혀를 깨물고 말았다.

허태구라는 인간은 뭐랄까, 겁도 많고 엄살도 심하다. 한번은 다리를 절뚝거리고 걷기에 어디 다쳤느냐고 기봉규가 물은 적이 있다.

"허벅지가 너무 아파서 그래. 걷기 힘들어."

"많이 다쳤어?"

"아니, 다친 건 아닌데 모기에 물렸어. 새까만 모기가 내 허벅지를 물어버렸어."

대충 이런 작자다. 허태구가 앞으로의 일을 감당할 수 있을지는 모르겠지만, 어쨌든 기봉규와 한 배를 탄 건 사실이다. 그리고 아직 배상 못한 상추 값을 변제해야 하고, 결혼도 해야 한다. 선뜻 나서주는 여자는 없지만.

"이제 돈이 있으니 모든 게 술술 풀릴 거야. 봉규와 둘이서 나누면 4억 5000만 원이야. 이거면 상추 값 다 갚고 소형 아파트 전세도 구할 수 있을 거야. 그럼 결혼을 할 수 있겠지. 어쩌면 최강이가 기다리고 있을지도 몰라. 내가 고백해줄 때를. 이제 자신감 있게 나서기만 하면 되지."

손뼉을 치며 좋아하는 허태구. 그러나 문득 두려움에 휩싸여 파르르 떨었다.

"너를 체포한다."

"너를 기소한다."

"너에게 선고를 내린다."

"너의 형을 집행한다."

수사와 기소, 재판과 형 집행으로 이루어지는 형사소송법 체계가 허태구의 뒤통수를 탁 때렸다. 공무원으로서 직을 모독했다며 동료들로부터 받을 비난, 최강이가 깔깔 비웃는 광경, 교도관 출신이라고 감방에서 받을 괄시와 구박, 먼 훗날 출소 후 거리에서 지내게 될 초라한 모습, 주린 배를 잡고 서울역 앞에서 줄 서서 급식을 받는 상상, 충격으로 기절하는 엄마, 분노해서 인연을 끊는 아버지, 다시는 안 만나주는 친구들, 지금까지도 그랬지만 앞으로도 영원히 만나지 못할 그 어떤 여자친구…….

"이거 걸리면 나 옷 바꿔 입는 건가? 교도관복 벗고 죄수복으로 갈아입는 거야? 직장도 잘리고? 연금도 못 받고?"

상상만으로 겁에 질려 오줌을 쌀 뻔한 허태구는 내일 당장 기봉규에게 말하기로 했다. 계획을 철회하기로. 그리고 조사실 팀장 최강이에게 실토하기로 했다. 그럼 자신의 정직함과 강직함을 보고 최강이가 반할지도 모르니까. 아무도 그렇게 생각 안 하지만 허태구는 이렇듯 제멋대로 낙관적이었다.

허태구가 저러고 있을 때, 밤이 깊었지만 기봉규는 앉지도 서

지도 못한 채 소파 앞에서 서성였다. 소파는 다 낡고 해져서 걸레로 외피를 입힌 듯했다. 집은 오래도록 청소를 안 해서 누기진 실내공기에 퀴퀴한 냄새가 맴돌았다. 집주인이 전세금을 올려달라고 통보하고부터 지미라도 기봉규도 집 청소를 내팽개쳤던 것이다.

우묵하게 파인 장판을 보며 기봉규는 이제 아무렇지 않았다. 언젠가 술에 잔뜩 취한 처남 지범수가 신세 한탄을 하며 주먹으로 거실 바닥을 마구 칠 때 생긴 흠집이었다. 집주인이 저걸 빌미로 장판을 싹 걷고 마룻바닥을 깔아달라고 할까 봐 늘 노심초사하던 기봉규였다. 그러나 이제 저따위 일로 속 썩을 필요가 없었다.

"왜 그러고 서 있어?"

지미라가 벌침으로 톡 쏘듯 말했다. 괴로운 마음에 친구와 술 한잔 마신 지미라는 지금 막 비치적거리며 들어왔다. 아까 법원 계단에서 삔 발목 때문에 신경이 예민해져 있었다. 물론 예민하게 만드는 더 큰 문제도 있지만.

"그냥 놔둬. 앉기 싫어."

그렇다고 기봉규가 계속 서 있고 싶은 마음도 아니었다. 그냥 안절부절 상태였다. 막상 허태구와 함께 캐리어 안의 거금을 확인할 땐 순간적으로 눈이 휙 돌아갔다. 그래서 계획대로 돈다발

세 뭉치를 주머니에 넣어 집으로 왔다. 다행히 오늘은 밤늦게까지 야근을 해서 마주치는 교도관들도 별로 없었고, 가뜩이나 졸리고 피곤한 야근부 정문 근무자는 기봉규에게 아무 관심도 없었다.

"당신 주머니가 왜 그렇게 불룩해? 또 교도소에서 삶은 달걀 훔쳐왔어?"

쓴웃음을 지으며 민망함을 회피하는 기봉규. 둘은 잠시 말이 없더니 동시에 서로 말을 꺼냈다.

"봉규야."

"미라야."

어린 시절 사귀던 때처럼 다정하게 서로의 이름을 불렀지만, 지미라의 속은 천길 화염으로 들끓고 있었다. 한마디만 더 뱉었다가는 입에서 불덩이가 튀어나올 것 같았다.

"먼저 말해."

"싫어. 네가 먼저 말해."

"나도 싫어. 그냥 네가 먼저 해."

"내가 싫다고 먼저 말했어. 너부터 말해."

유치한 대화가 몇 번 오가더니 지미라가 술김에 확 쏟아내고 말았다. 쓰레기 같은 완벽학원 원장의 부도덕함을 맘카페에 알렸을 뿐인데, 그건 표창감인데, 이 사회는 자신을 기소하고 벌금을 선고하더라, 그것도 부족해 그 버러지 같은 원장 놈이 민사소송까지 건다고 하더라…….

"이런 개자식. 그런 새끼를 감옥에 가둬야 하는데. 언제든 한번 들어와봐라. 내가 따끔한 맛을 보여주지."

기봉규는 불가능한 허풍을 떨어댔다. 요즘 어느 교도관이 수용자한테 따끔한 맛을 보여줄 수 있겠나.

"그나저나 벌금이 대체 얼만데? 그리고 민사소송이라면 그 자식한테 돈을 물어주라는 거야?"

주머니에 손을 꽂은 기봉규가 돈다발을 만지작거리며 물었다.

"벌금은 300만 원이야. 그거야 뭐 내가 해결하면 돼. 그래서 당신한테까지 말하고 싶지 않았어. 공무원 배우자가 그런 일 생겨서 좋은 게 뭐 있어. 문제는 민사야. 그 자식 어차피 수강생 줄어들어서 폐업하고 먹튀할 계획인 거 뻔한데, 나 때문에 학원 폐업하게 생겼다고 저 지랄이잖아!"

봉규는 어안이 벙벙했다. 거금이 든 캐리어에 아내의 피소까지, 하루 동안 일어난 일치고는 너무 많아서 머리가 빙글빙글 돌았다. 허태구가 왜 한 번씩 머리가 빙글빙글 도는지 공감이 될 듯도 했다.

"그럼 어떡해?"

봉규는 아까 허태구한테 물었던 것과 비슷한 질문을 던졌다.

결정은 남에게 미루는 게 속 편했다.

지미라가 신경질적으로 빽 소리를 질렀다. 그 바람에 술 냄새가 온 집 안에 진동했다.

“어쩌긴 뭘 어째! 문제는 돈이지. 당신 돈 좀 없어? 정말 돈이 다발째로 나오는 돈주머니가 있었으면 좋겠어!”

지미라에게 꼼짝도 못하는 기봉규는 기세에 질려 호주머니에 꽂아둔 손아귀를 꽉 움켜쥐었다. 그러고는 반사적으로 주머니에서 돈다발을 꺼냈다.

“자, 돈주머니.”

기봉규가 눈앞에 마술처럼 돈을 보이자 지미라의 눈이 휘둥그레졌다. 500만 원짜리 돈다발이었다.

“500만 원? 야! 이거 무슨 돈이야? 이 새끼야, 너 또 나 모르게 도박했어?”

돈 못 번다고 타박에 면박에 구박까지 할 땐 언제고, 돈 갖다 주니까 욕부터 날리는 지미라.

기봉규는 이때다 싶어 고민을 털어놓기 시작했다. 오늘 있었던 일과 앞으로의 거창한 계획까지. 집이라서 엿듣는 교도관도 없을 테니 목소리를 굳이 낮출 필요도 없었다. 기봉규는 말을 이어가면서 돈다발을 하나 더 꺼냈다. 결론쯤에 도달할 땐 마지막으로 한 개 더 꺼냈다. 지미라는 무슨 마법에 홀린 것처럼 황

홀한 눈빛으로 기봉규를 바라보더니 환호성을 질렀다.

"이런 게 수도 없이 많아. 금맥을 잡은 거야. 매일 퇴근할 때마다 몇 개씩 들고 올게. 당신, 이제 일 쉬어. 백화점 같은 데도 좀 자주 다니고."

돈 때문에 불안하면서도 지미라 앞에서만큼은 큰소리 한번 땅땅 쳐보고 싶었던 기봉규. 내친 김에 더 큰소리를 이어갔다.

"미라야, 가랑비에 옷 젖듯이 내가 앞으로 매일 조금씩 가져올 돈들이 우리를 촉촉이 적셔줄 거야. 이제 더 이상 메마르게 살지 말자."

지미라는 눈물까지 글썽이며 대답했다.

"가랑비로 그치면 안 돼. 장마여야 해. 이상기후로 몇 달 몇 년씩 이어지는 대홍수여야 해."

감격한 지미라는 뚝뚝 흐르는 눈물을 닦더니 기봉규에게 안겼다. 이런 게 바로 듬직한 남편 품이지, 하는 만족스러운 표정으로.

그러자 오랜만에 남편 구실을 해본 기봉규는 남자 구실까지 해볼 요량이었던지 입을 하 벌리고 지미라의 입술을 꾹 눌렀다. 그러고는 뱀처럼 혀를 날름거리며 지미라의 입속을 드나들었다. 기봉규의 혓바닥은 지미라의 치열을 핥으며 탐욕스레 움직였다.

"더러워, 이 자식아. 이게 뭐 하는…… 읍!"

지미라는 더 이상 말을 이을 수가 없었다. 기봉규가 너무 세게 키스를 했기 때문에 숨이 막혀 죽을 것 같았다. 코로 숨을 쉬면 되지만 비염이 심한 지미라는 산소 부족으로 점점 정신이 몽롱해지는 것 같았다. 그러면서도 지금 이 느낌이 싫지만은 않았다.

이제 지미라는 기봉규가 하는 대로 내버려두었다. 기봉규의 축축한 혀는 지미라의 목을 핥으며 올라가 귀를 부드럽게 애무했다. 언젠가 야동에서 본 것처럼 지미라의 상의를 거칠게 반쯤 벗기고 쇄골과 가슴골에 숨을 불어넣었다. 푸, 푸, 바람 빠지는 소리가 지미라는 거슬렸지만 그렇다고 꼭 싫기만 한 건 아니었다. 한껏 달아오른 지미라는 기봉규를 거칠게 거실 바닥에 자빠뜨렸다.

"어이쿠!"

기봉규가 비명을 질렀지만 색기가 잔뜩 오른 지미라는 인정사정 봐주지 않았고, 머뭇거리지도 않았다.

"신발끈! 너 오늘 뒈졌어. 지미랄!"

기봉규가 지미라의 귓불을 다시 한번 핥으려고 고개를 들었지만 지미라가 손으로 우악스레 꾹 눌렀다. 그러고는 마음이 바뀌었는지 기봉규 몸에서 내려와 무릎을 꿇고 뒤를 보였다.

"얼른 안 하고 뭐 해, 이 자식아!"

얼마나 급했으면 침대도 아닌 거실 바닥에, 그것도 지범수가 찍어놓은 그 장판 부분에 지미라는 반쯤 엎드렸다. 옷도 벗지 않은 채였다. 기봉규는 지미라의 바지를 허벅지까지만 내리고 손가락으로 부드럽게 음모를 쓰다듬었다. 지미라는 털 하나하나마다 감각이 되살아나는 걸 '아!' 하는 교성으로 알렸다.

지미라는 기봉규의 벨트를 거칠게 풀고는 얼른 시작하라고 무언으로 애원했다. 기봉규는 최대한 자제하며 손가락으로 지미라를 문지르고 톡톡 건드렸다. 지미라는 약이 오르는지 더 크게 교성을 내질렀지만, 기봉규는 인내심을 갖고 지미라의 사타구니를 핥았다. 마음은 급했지만 혀는 차분하게 움직였다. 그러자 지미라의 그곳이 축축해지기 시작했다. 비로소 마음을 놓은 기봉규는 질 속으로 빳빳한 성기를 거칠게 밀어 넣었다.

"악!"

아직 충분히 열리지 않았기에 지미라는 통증을 느꼈다. 이상하게도 그 아픔 덕에 더 흥분되기도 했다.

"더 세게! 더 빨리!"

올림픽 슬로건은 올림픽에만 쓰이는 건 아니다. 기봉규는 숨을 헐떡거리며 지미라를 만족시키기 위해 무릎이 다 까이면서도 격렬히 움직였다.

한껏 달아오를 대로 오른 지미라는 돌연 기봉규를 밀쳐내고는 체위를 바꿨다. 기봉규를 인형처럼 눕히고는 자신이 위에 올라탔다. 지미라는 보기 좋게 볼륨 있는 상체를 앞뒤로 흔들었다가 위아래로 격렬히 움직였다. 지미라는 숨이 차오르고 정신이 아득해졌다. 자신이 뱉은 교성에 자기가 취했다. 더 세게, 더 빨리 움직였다. 이제는 관성이 붙어서 몸에 힘을 주지 않아도 됐다.

그간 얼마나 굶주렸던가! 돈에 쪼들려, 몸은 피곤해, 이런저런 이유로 부부는 점차 멀어졌다. 하지만 돈이야말로 최고의 최음제인지 돈다발을 보자마자 둘이 엉겨 붙는 것이었다. 그간 표현은 안 했지만 사타구니에서 굶주린 감각이 뒤끓던 기봉규였다. 이제 열락을 앞에 두고 기봉규는 느낄 수 있는 모든 쾌락을 맛보려는 듯 더 세차게 온몸으로 지미라를 감당해냈다. 지미라의 엉덩이에는 기봉규의 손가락 자국이 벌겋게 물들어 있었다.

기봉규의 호흡이 받아질수록, 내뱉는 단어가 거칠어질수록 지미라의 교성도 날카로워졌다. 기봉규는 팔을 뻗어 유방을 반쯤 드러낸 브래지어를 찢어버렸다. 글래머인 몸에 어울리는 커다란 가슴이 출렁거리며 젖꼭지를 빳빳하게 세우고 있었다. 지미라가 상체를 앞으로 수그리자 커다란 젖가슴이 기봉규의 얼굴을 덮었다.

달아오를 대로 달아오른 지미라는 사타구니에서 불꽃이 튈 만큼, 난생처음 교접하는 암컷 야생마처럼 끝내야 할 때를 잊은 채 즐거움에 몰두했다.

헉헉거리며 기봉규의 얼굴을 똑바로 쳐다보는 지미라.

"근데…… 이 돈…… 별 탈 없는 거지? 우리…… 잘못되는 거…… 아니지?"

그렇다는 대답만 듣는다면, 기봉규가 고개만 끄덕여준다면, 지미라는 이대로 절정의 열락 속으로 추락할 것 같았다.

그때 방문이 활짝 열렸다.

"누가 야동을 틀어놓은 거야?"

아직 잠이 덜 깬 지범수가 눈을 비비며 나왔다. 아뿔싸! 저 자식이 자고 있다는 걸 몰랐다.

지범수의 눈앞에, 누워 있는 매형의 위에 올라타서 응응 소리를 내는 누나의 모습이 펼쳐졌다.

"둘이 뭐 하는 거야?"

아직도 잠이 덜 깬 지범수는 이 상황이 꿈인지 실제인지 헷갈렸다. 당황한 지미라는 찢어진 브래지어로 급히 가슴을 가리고는 기봉규의 뺨을 후려치기 시작했다.

"이 새끼야, 비상금 감춰둔 거 모를 줄 알았지?"

기봉규는 절정까지 못 간 게 억울한 데다 이제 맞는 시늉까지 해야 했다.

“얼른 말 안 해! 어디에 돈을 숨긴 거야!”

“매형, 근데 바지는 왜 반쯤 내리고 있어요? 누나, 브라자는 왜 찢긴 거야?”

“이 자식아, 보면 몰라? 너희 매형이란 놈이 마누라를 구타하다 못해 이젠 옷까지 찢잖아. 내가 오늘 이 새끼 옷 홀라당 벗겨서 쫓아내려고 그런다, 왜! 얼른 바지 안 벗어!”

평소에도 누나 부부는 자주 싸우지만, 오늘은 특히 더 격렬한 듯싶었다. 지범수는 그러려니 하고 밖에 담배나 한 대 피우러 나가려 했는데 황금빛 다발이 녀석의 눈길을 끌었다.

“저거 돈이야? 무슨 돈이야? 정말 돈이 있어? 어? 정말 돈이 눈앞에 있네? 그럼 아까 매형이 말하던 게 꿈이 아니었던 거야? 그럼 내가 선잠 자다가 다 들은 거네?”

이렇게 공범이 한 명 추가됐다.

“하…….”

기봉규와 지미라는 깊이 탄식했다. 마음 같아서는 진작 교도소 쇠창살 안에 가둬두고 싶은 처남이었다. 이제 저 자식이 비밀을 알게 됐으니 이 비밀은 더 이상 비밀로 남기 힘들어질 성싶었다.

봉두난발 같은 머리를 하고서 눈곱 낀 눈을 멍하게 끔뻑거리는 지범수를 보자 기봉규는 끊었던 담배가 확 당겼다. 자기 마음처럼 뜨겁게 타들어가는 담배를 깊이 빨아들였다가 지범수의 얼굴에 확 뿜어버리고 싶었다.

지범수를 맥없이 바라보던 기봉규는 불쑥 집에서 뛰쳐나가고 싶었다. 이 돈을 도로 갖다 놓고 없던 일로 하고 싶었다. 허태구에게는 사과하면 그만이다. 하지만 무거운 몸뚱이는 돌덩이라도 된 듯 방바닥으로 스며드는 것 같았다. 기봉규는 이러지도 저러지도 못하고 못 박힌 듯 꼼짝 없이 선 채 분에 겨워 부르르 떨기만 했다.

지범수는 누나네 집에서 곁방살이하며 누나 학원에서 공부하는 처지였다. 하라는 공부는 안 하고 자기 방에서 자빠져 자고 있을 줄은 생각도 못 했다. 아니, 지범수는 자주 그렇게 하지만 오늘은 두 사람이 지범수의 존재를 새까맣게 잊고 있었던 것이다. 첫 번째 부주의였다.

"그럼 내 몫도 있는 거지?"

지범수가 대뜸 누나 부부를 향해 선전포고하듯 말했다. 누나 부부가 뭐라고 생각하든 아랑곳하지 않았다. 늘 낯짝이 두꺼운 지범수였다. 누나 부부를 협박하는 짓 따위는 일도 아니다.

"무슨 네 몫?"

지미라가 빽 소리를 질렀다.

"네가 뭘 했는데?"

기봉규가 고함부터 질렀다.

공부 앞에서는 늘 주눅이 들지만 돈 앞에서는 사생결단을 내는 지범수다. 어릴 때부터 그랬다. 누나 돈 훔치기, 누나 명절용돈 가로채기, 누나 물건 내다 팔기. 돈이면 누나 자체를 제외한, 누나의 모든 것을 팔던 지범수였다. 그런 지범수가 9억 원 앞에서 물러설 리 없었다.

"나도 아주 중요한 일을 하지. 안 그래요, 매형?"

"뭔데, 새끼야."

"비밀을 지켜주는 것."

똑똑.

누군가 아주 조심스레 조사실을 노크했다. 노크 소리에 불과한데도 비굴한 조짐이 확 느껴졌다. 소리의 울림만 들어봐도 대충 감이 온다. 찾아온 사람이 어떤 인물인지. 그리고 왜 찾아왔는지. 교도관이든 수용자든 하루에 수십 명씩 조사해온 조사실 계장 최강이는 자신의 경험상 추측할 수 있었다. 겉으로 내색은 안 하지만.

이번 노크의 주인공은 아마 약자에게 비열하고, 강자에게 비굴하고, 필요할 때 굴신하다가 필요 없으면 거만 떠는, 불의한

이익 앞에서 넙죽 엎드렸다가, 불이익이 따르지만 정의로운 일 앞에서는 꼬리를 내리고 꽁무니 빼는 인물 같다는 감이 왔다. 최강이는 교도소에서 그런 류의 인간들을 많이 봐왔다.

최강이의 생각이 옳든 그르든 그녀를 방문한 사람은 오용수였다. 뱀눈에 쥐 같은 생김새. 최강이는 이번에도 노크 소리로 그 사람의 됨됨이를 파악하는 걸 대충 맞혔다고 생각했다. 흰 피부 탓에 더 새까맣게 보이는 최강이의 눈동자에 혐오감이 슬쩍 스쳤지만 이내 평정심을 찾았다.

오용수가 어떤 사람인지는 익히 들어왔다. 군대를 전역하자마자 스물세 살에 교도관으로 입직한 덕에 30대 초반인데 벌써 7급 교위로 진급한, 9급 출신치고는 나름대로 일찍 주임이 된 사람이었다. 바로 위 계급인 계장들한테는 내시처럼, 보안과장한테는 노예처럼, 소장 앞에서는 무생물처럼 영혼마저 털어버리는 인물이었다.

그러나 자신보다 직급이 달리는 8급, 9급한테는 아무리 자기보다 나이가 많아도 반말을 찍찍 뱉으며 폭군처럼 행세했다. 오용수 자신은 폭군이 아니라 그냥 왕이라고 착각했지만. 그가 스스로를 정말로 왕으로 인식하는 공간은 수용자가 갇혀 있는 사동이었다.

3사동에서만큼은 오용수가 정말 왕이었다. 그렇게 되길 원했고, 정말 그렇게 군림했다. 인권위나 법무부 인권국에 제소할 만큼은 아니지만 충분히 수용자를 괴롭히는 능수능란함, 오용수에게는 그런 타고난 재주가 있었다.

"근무 중 이상 없습니다! 저를 부르셨습니까, 최 팀장님?"

오용수는 6급 계장인 최강이보다 몇 살 위였지만 내시처럼 손을 공손히 모으고 총총걸음으로 조사실에 들어왔다. 걸을 때마다 새로 산 신발이 바닥에 마찰돼 찍찍 소리가 났는데, 그 소리 탓인지 최강이는 커다란 쥐가 한 마리 들어오는 느낌을 받았다.

부른 용건은 간단했다. 며칠 전 수용자 사망 건 때문이었다. 9031 김대식은 죄수복 가슴팍에 클로버가 세 개나 있는 요주의 인물이었다. 클로버는 나잇대를 의미하는데, 한 개는 40세 이상, 두 개는 50세 이상, 세 개는 60세부터 모든 노인층을 뜻한다. 클로버 세 개짜리 김대식은 나이가 일흔이 넘었다.

"잠시만 기다려주실래요? 커피 한잔하세요."

최강이는 오용수를 앞에 앉혀놓고는 교정본부 보라미시스템의 수용정보관리를 클릭했다.

김대식. 전과 12범. 평생 형량을 사기, 절도 등의 범죄로 가득 채운 인물이었다. 심리치료팀에서 작성한 수용자 초기 상담부터 대충 훑어봤다.

이름: 김대식

나이: 72세

성별: 남

키: 164cm

몸무게: 53kg

범수: 12범

가족 관계 및 특이사항: 가족 없음. 본인 주장으로는 아들이 교도소장이라고 함. 몇 해 전 주민등록이 말소되었던 적이 있음.

주요 질환 및 정신병 여부: 진술 거부(본인 주장으로는 형사 출신인데 대통령을 지냈다고 함.)

심리치료팀 초기 상담 기록:

질문- 어디 아픈 데는 없습니까?

답변- 무응답(본인 주장으로는 모른다고 함. 말이 어눌하고 논리가 없음. 횡설수설하며 기억나는 게 거의 없다고 함. 추후 의료과에서 정밀진단 및 외부 병원 협조가 필요해 보임.)

질문- 입소 전에 무슨 일을 하셨습니까?

답변- 군인이었어. 별 일곱 개짜리. 대단했지. 이등병 때 별을 달았으니 말이야. 기특하다고 형사를 시켜주더구먼.

질문- 가족 관계는 어떻게 됩니까?

답변- 아들이 하나 있는 것도 같고.

질문– 아드님 연락처를 아십니까? 접견 올 수 있습니까?

답변– 뭘 와? 필요 없어. 여기서 일하는 교도소장이거든.

질문– 묻는 말에 성의껏 답해주시면 감사하겠습니다. 아드님 연락처를 아십니까?

답변– 이름도 몰라.

질문– 본인 성함은 아세요?

답변– 몰라.

질문– 성은 아세요?

답변– 대.

질문– 이름은요?

답변– 통령.

"자, 그럼."

기록을 훑어본 최강이가 고개를 들어 오용수를 쳐다봤다. 오용수도 최강이를 슬쩍 봤다가 눈을 밑으로 깔았다. 빈틈이 없어 보이는 여자였다. 영리하고 날카롭고 냉철하고. 그리고 차갑고. 하지만 차가운 티를 전혀 내지 않을 줄도 알고. 오용수가 견적을 내본 최강이는 만만치 않은 사람이었다.

최강이는 오용수를 탐탁지 않게 여겼지만, 그걸 이유로 일을 공정하지 않게 처리할 생각은 전혀 없었다. 마찬가지로, 언젠가 오용수가 제대로 나쁜 짓을 해준다면 그것 역시 가감 없이 원칙대로 처리할 생각이었다.

조사는 순조롭게 흘러갔다. 김대식이 사망할 때쯤 오용수가 규정대로 순찰을 돌았는지 그렇지 않은지 CCTV에 다 기록돼 있었다. 어차피 오용수가 발뺌할 수도 없었다. 오용수는 그때 사동 근무자실 의자에 몸을 깊숙이 파묻고는 다리를 책상 위에 떡하니 올려 만화책을 보고 있었다.

문제가 터졌을 때, 김대식이 머물던 3사동 4방에서 어금니의 똘마니인 좁쌀이 황급히 비상벨을 눌렀다. 그때 오용수의 대처상황도 CCTV에 다 녹화돼 있었다. 오용수는 우왕좌왕했고, TRS 무전기로 무전을 친 게 아니라 휴대하고 있던 근무자용 전화기로 수용팀 사무실에만 알렸을 뿐이다. 하나부터 열까지 다 규정 위반이었고 근무 소홀이었다. 징계를 피해가기는 힘들어 보였다. 적어도 앞으로 몇 해 동안 진급 심사는 포기해야 했다.

"오 주임님이 근무에 제대로 임하셨으면 김대식 씨가 사망하는 일은 없었을 수도 있겠죠."

조서를 작성하던 최강이가 온화하지만 단호하게 말했다.

"인정합니다. 반성합니다. 죄송합니다."

불리할 땐 후딱 인정하고 반성하는 빛을 보이는 게 현명하다는 것쯤은 오용수도 알고 있다.

"저한테 미안해할 이유는 없죠. 제가 죽은 것도 아니고. 수용자가 사망해버리면 형 집행이 중단돼요. 이게 뭘 의미하는지 알고 계시죠?"

"잘 알고 있습니다."

"결과는 위원회에서 잘 판단하겠지요."

최강이는 '위원회'라고 표현할 뿐 굳이 '징계위원회'라고 말하지는 않았다. 그것은 오용수에 대한 최소한의 배려였다. 하지만 오용수의 근무 태도와 상황 대처에 대해서는 더하고 빼는 것 없이 있는 그대로 징계위원회에 보고할 생각이었다.

"오늘 수고하셨고……."

그때 누가 또또똑또똑 바보같이 노크를 하고는 헐레벌떡 들어왔다. 노크를 너무 빨리해서 어떤 인간인지 가늠할 겨를도 없었다.

"시, 시, 시, 신, 신고할 게 있습니다!"

노크 소리와 음률이 비슷하게 말하는 사람도 있구나 싶어 최강이의 입에서 순간 피식 웃음이 비어져 나왔다. 허태구는 최강이 앞에만 서면 바짝 긴장이 돼 말을 더듬거린다.

최강이의 미소를 본 허태구는 자기도 모르게 행복해져 헤헤벙실벙실 따라 웃었다. 그 자리에서 아이스크림처럼 녹아내릴 것 같았다.

오용수가 휙 돌아보고 누군지 확인하고는 허태구를 매섭게 한번 노려봤다. 그러고는 금세 표정을 바꿔 미소를 띤 채 다시 최강이 쪽으로 고개를 돌렸다.

허태구는 이 자리에 재수 없으면서도 성질이 드세고 무서운 오용수가 있단 걸 미처 몰랐다.

"신고할 게 있다고요?"

최강이는 순간 시계를 바라봤다. 벌써 오후 6시가 넘은 시각이었다. 오늘도 야근이구나 싶었다.

허태구는 오용수의 눈치를 힐끔 살피더니 다급하게 손을 저었다.

"아, 아닙니다. 다, 다음에 다시 오겠습니다."

오용수 눈치를 한번 더 본 허태구는 찔끔 움츠러들었다. 그 모습이 웃겼는지 최강이가 눈으로 싱긋 웃었다. 가뜩이나 물러터진 허태구의 마음은 이제 녹을 대로 녹아 문어처럼 흐물거리며 조사실을 미끄러지듯 빠져나갔다.

저 자식 뭐지, 하는 생각에 빠진 오용수가 강파른 눈알을 요리조리 희번덕거리자 먹잇감을 찾는 뱀눈처럼 보였다. 최근에 교도소에서 사고를 친 직원은 오용수밖에 없다. 그럼 신고를 한다면 바로 자신, 오용수를 신고한다는 것 아닌가? 평소에 허태구와 기봉규가 자신을 싫어한다는 것쯤은 눈치채고 있었다.

"쯧쯧. 무능한 것들이 나이만 먹어서 저 모양이지. 얼마나 못났으면 저 나이에 고작 8급이래."

오용수는 자기보다 직급이 낮은 사람들 앞에서 우월감을 느끼려고 저 둘이 들을 듯 말 듯 일부러 신경을 건드린 적이 자주 있었다. 그럴수록 둘은 오용수를 더 싫어했다. 겁 많은 허태구는 움찔하기라도 하는데, 기봉규는 노골적으로 자신을 증오하는 게 느껴졌다. 그 때문이라도 기봉규를 더 골탕 먹이고 싶어지는 게 사실이었다.

그래서 나의 약점을 고자질하러 왔나……?

오용수는 재빨리 최근 자신의 행동을 되돌아봤다. 온통 나쁜 짓밖에 없었다. 오용수는 저 둘을 단단히 감시하기로 했다. 자신을 고자질하러 온 것이든 그렇지 않든 뭔가 있긴 있는 듯하니까. 김대식 건으로 징계를 받을 위기인데, 또 다른 게 추가되면 6급 진급은 영영 물 건너갈지도 모른다.

똥파리들

빵빵! 빵빵빵!

동네 골목에 자동차 경적이 요란했다. 보나 마나 지범수였다. 녀석은 중형차 한 대를 렌트해서 동네 골목을 휘젓더니 자기가 사는 빌라 옆 원룸 건물 앞에 주차를 했다. 바로 옆집에 사는 여자친구네였다.

재수생이라고는 하지만 군대에 다녀와서 복학생 노릇 좀 하다가 다시 수능을 준비하는 터라 어느덧 20대 중반이었다. 돈이 생기면 바로 자동차에 관심을 가질 만한 나이였다. 그래서 그랬을 뿐이다. 당장 차를 살 돈은 없으니 렌트를 한 것이고, 그 차로 여자친구 차수미를 태우러 온 것이었다.

빵빵! 빵빵빵!

얼른 나오라는 신호였다. 차수미는 속이 살짝 비치는 하얀 원피스 차림으로 나타났다. 아직 젖살이 안 빠진 앳된 얼굴에 오늘따라 화장이 진한 데다 떠서 보기가 그리 좋지만은 않았다. 혈색이 너무 창백해 보이는 데다 눈 화장을 지나치게 짙게 해서 청소년 뱀파이어처럼 보일 정도였다.

"왜 이렇게 늦었어?"

"오빠가 차 끌고 이렇게 일찍 올 줄 누가 알았겠어. 뚜벅이 주제에."

"뚜벅이?"

지범수가 코웃음을 쳤다.

"그래, 뚜벅거리면서 만날 걷기만 하잖아."

"이제부턴 아냐."

지범수가 다시 코웃음을 쳤다. 그따위 초라한 시절은 한갓 쓰디쓴 추억일 뿐이라는 식이다. 아직 매형에게 자신의 몫을 받진 않았지만, 어차피 받을 돈이었다. 일단 아르바이트를 해서 모아두었던 돈을 다 쓸 작정이었다. 어차피 기봉규한테 돈을 받을 테니까. 내친 김에 차수미를 데리고 외제 스포츠카나 구경하러 갈 참이었다.

"그나저나 웬 차야? 비싸 보이는데?"

차수미가 걱정 섞인 기대감으로 물었다. 지범수가 그 기대감을 충족해주듯 답했다.

"이제 나 부자야."

부르르릉 시동이 걸리자 둘의 마음도 동시에 떨리기 시작했다. 드라이브를 하는 내내 지범수는 매형 기봉규와 누나 지미라 그리고 자신에게 일어난 기적에 대해 떠들어대기 시작했다. 둘 사이에는 비밀이 없는 법이니까.

"오늘은 몇 개 가져왔어?"

"여섯 개."

기봉규가 3000만 원을 꺼내 보였다.

"이제 몇 개 남았어?"

"20개 정도. 이제 며칠만 더 이 짓을 하면 돼."

기봉규가 땀을 닦으며 방역 마스크를 벗어 던지고는 휴, 한숨을 내쉬었다. 그러고는 안방 침대 밑을 가득 채운 현금 다발을 보며 세상에서 가장 행복한 남자의 미소를 지었다. 마스크 속에 숨겨둔 자신의 표정이 이렇게 밝을 줄은 스스로도 몰랐다. 매일 반복하는 이 순간에는 더위도 느껴지지 않았다. 5월 중순이라 어떤 직원들은 반팔 근무복을 입고 다니는데도 기봉규는 겨울 근무복인 점퍼까지 갖춰 입고 다녔다. 그걸 이상하게 생각하는 사람도 많았지만, 굳이 이유를 물어보는 사람은 없었다.

"근데 정말 이래도 되는 걸까?"

지미라는 걱정을 하면서도 돈을 반겼다. 받아든 돈다발을 괜히 일일이 세어보고는 침대 밑에 차곡차곡 정리했다.

"어차피 주인은 죽었다니까. 그 캐리어 안에 돈이 들어 있다는 사실을 아는 사람은 이제 아무도 없어. 나랑 당신 빼고. 아, 허태구와 우리 처남도 있네."

기봉규가 알 턱이 없었다. 그 잘난 처남이 자기 여자친구한테 비밀을 떠들어대고 있다는 걸.

"그나저나 오늘 정말 식겁했어."

기봉규는 오늘 있었던 위기에 대해 털어놨다. 돈뭉치를 주머니에 넣었으니 당연히 손을 호주머니에 꽂은 채 걷고 있었다. 손 때문에 주머니가 불룩해 보여야 했으니까. 하지만 보안구역과 그렇지 않은 구역을 구분하는 커다란 중문을 통과할 때는 지문을 찍어야 했다. 당연히 손을 호주머니에서 빼야 한다. 그때 누군가 기봉규의 호주머니를 보게 된다면 의심을 할 수밖에 없다. 주머니에서 손을 뺐는데도 불룩하다? 은밀히 뭔가를 숨기는 듯한 인상을 줄 수밖에 없다. 그럴 때마다 기봉규는 중문 앞에 있는 기둥 뒤에 몸을 반쯤 숨겼다. 항상 걸리적거리던 그 기둥이지만 이럴 때 유용하게 쓰일 줄은 몰랐다.

그런데 오늘 기봉규가 중문을 나오는 그때 마침 소장이 보안과장을 대동한 채 순시에 나선 게 아닌가. 어흠, 어흠 거들먹거리는 헛기침 소리가 멀리서도 들렸다. 원체 임금님 행차하듯 거들먹거리기에 전방 100미터에서부터 소장을 알아볼 수 있었다. 마스크를 쓰고 있어도 이마에 '소장'이라고 적어놓은 듯해서 누구나 그를 멀리서도 알아본다.

기봉규는 냉큼 기둥 뒤에 몸을 숨겼다가 모퉁이를 돌아 다른 길로 빙 돌았다. 소장을 대면하면 경례를 안 할 수가 없기 때문이다. 그럼 당연히 호주머니에서 손을 빼야 한다. 다른 길을 택해 빙 돌아가는 기봉규. 그러나 어리숙한 범을 피하자 신경질적인 늑대가 나타났다. 성격 까칠하기로 유명한, 그래서인지 고혈압에 시달리는 박 계장이었다. 고혈압에 시달려서 성격이 더 까칠해졌는데, 그 바람에 고혈압이 더 심해져서 성격이 비할 데 없이 더더욱 까칠해져버린, 중년의 위기를 겪고 있는 배불뚝이였다.

"이봐, 기 교사."

기봉규가 눈치를 살살 보며 박 계장에게 경례를 생략하고 그냥 지나치려는데 박 계장이 기봉규를 불러 세웠다.

"네?"

"자네는 시건방지게 호주머니에 손을 꽂은 채 상관에게 경례도 안 하는가? 예의도 몰라? 그리고 이 오뉴월에 점퍼는 왜 입고 있어?"

기봉규라고 이 오뉴월에 근무복 점퍼를 입고 싶었겠는가. 가뜩이나 더워서 마스크 안에서 땀이 뚝뚝 떨어지는데 박 계장이 불러 세우자 등줄기에 식은땀까지 줄줄 흘렀다.

"어라? 내가 이렇게 지적을 해도 주머니에서 손을 안 빼? 자네 그런 사람이었어? 그렇게 안 봤는데."

"네?"

"이봐!"

다혈질 박 계장의 언성이 높아지자 계장 2, 계장 3, 주임 1, 주임 2가 뭐 재미있는 일이라도 생겼나 싶어 슬슬 다가왔다. 곧이어 주임 3, 주임 4와 교사 1, 교사 2, 교사 3, 교도 1, 2, 3, 4, 5, 6, 7까지 몽땅 몰려들었다. 기봉규가 면면을 휙 살피니 특히나 말 많고 소문 잘 퍼트리는 놈들이었다.

재수 없게도 주임 3은 방금 막 교대를 하고 3사동에서 나온 오용수였다. 오용수가 비열한 웃음으로 실실 쪼개면서 이 재미난 광경을 고소하다는 듯 지켜보고 있었다.

계장 2는 조사실의 최강이였다. 최강이가 호기심 많은 눈빛으로 기봉규를 바라보고 있었다. 정말 설상가상이었다. 차라리 아까 소장 앞을 그냥 지나치고 말걸.

기봉규는 정말 울고 싶었다. 누가 봐도 기봉규가 가만히 지나가는 박 계장에게 쓸데없이 시비를 걸며 반항을 하는 꼴이었다.

그냥 지나가게 해달란 말이다! 나와 원수진 것도 없잖아! 기봉규는 순간 온몸을 쥐어짜는 고통과 분노를 느꼈다. 사방을 둘러봐도 높은 담벼락과 쇠창살로 둘러싸인 교도소였다. 도주로는 차단됐다. 박 계장을 밀치고 도망치든지, 이제라도 경례를 멋들어지게 해주든지 선택을 해야 했다.

이제 와서 손을 빼면 더 의심받을 게 아닌가. 손을 뺐는데도 주머니가 불룩할 테니. 그렇다고 손을 안 뺄 수도 없고. 이럴 수도 저럴 수도 없는 상황이었다.

엎친 데 덮친 격으로 교사 1은 허태구였다. 정말 점입가경이었다. 어벙한 허태구가 이 상황에서 무슨 짓을 벌일지 모른다고 걱정하는 순간, 정말 허태구가 나섰다.

"계장님."

"왜!"

허태구가 부르자 얼굴이 시뻘게진 박 계장이 팔뚝만 한 굵기의 핏대를 세우며 버럭 소리를 질렀다.

"아, 아, 아닙니다."

"이런 얼빠진 놈 같으니라고."

그 말을 듣자마자 허태구가 겁을 집어먹고 고개를 푹 숙였다. 하지만 최강이가 바로 옆에 서 있다는 걸 상기하자마자 용기를 얻어 버럭 고함을 질렀다.

"기봉규가 손을 빼기 싫으면 싫은 거지, 계장이면 답니까!"

그러자 박 계장은 당장에라도 졸도할 것처럼 눈이 수박만 해지더니 벌겋던 안색이 아예 보랏빛을 띠었다.

"이것들이 같이 일하더니 같이 미쳤나. 야!"

아무래도 분위기가 심상치 않자 다른 계장들이 박 계장을 말렸다. 그러면서 기봉규를 나무랐다.

"이봐! 박 계장 지적 안 들려? 주머니에서 손 빼는 게 그렇게 어려워!"

사람들이 편을 들어주자 박 계장의 목청이 더 높아졌다.

"이 미친놈들!"

"……죄송해요. 죄송합니다."

기봉규는 연신 고개를 꾸벅 수그리며 사과를 하면서도 끝내 주머니에서 손을 뺄 수는 없었다.

"아니, 이 사람이 정말 미쳤나. 주머니에서 손을 빼서 경례를 하면 그만 아닌가. 왜 못 빼? 못 빼는 이유라도 있어? 뭐 숨기기라도 한 거야?"

기봉규는 이제 거의 울먹거리다시피 했다. 그냥 퍼질러 앉아 울부짖고 싶었다. 최강이도 있겠다, 지금이라도 모든 걸 실토하고 선처를 구할까 싶었다. 그럼 설마하니 구속이라도 시키겠는가. 돈은 아직 한 푼도 안 쓰고 고이 모셔두지 않았던가. 중천에 떠 있는 태양보다 더 뜨겁게 들끓는 마음에 입술이 바싹 마르다 못해 타버릴 것 같았다.

기봉규는 체념하듯 고개를 푹 숙이며 말했다.

"정말 죄송해요."

"정말 수상하군. 이봐, 자네 이리 가까이 와봐."

안 그래도 요새 혈압 관리가 제대로 안 돼 더 열받은 박 계장이었다. 오늘 잘 걸렸다 싶었다.

"싫어요. 싫단 말이에요."

"아무래도 안 되겠어. 강제로라도 몸수색을 해야겠어. 그냥 지나치기엔 너무 수상해. 다들 저놈이 도망 가지 못하게 에워싸."

박 계장과 기타 등등이 기봉규를 둘러싸며 다가갔다. 웃음기 띠던 아까와 달리 표정이 싹 바뀐 최강이가 입을 꾹 다문 채 기봉규를 빤히 쳐다보고 있었다.

"그래서 어떻게 됐어?"

지미라가 침까지 발라가며 돈을 세다가 문득 멈췄다. 기봉규가 어떻게 빠져나온 걸까.

"어떻게 된 거냐면 말이야."

기봉규가 가슴을 쓸어내리며 이야기를 시작했고, 지미라는 들으면서도 계속 돈을 셌다. 끝없이 돈 세는 동작이 그렇게 즐

거울 수가 없었다.

모두가 기봉규를 포위하듯 다가설 때 갑자기 TRS 무전이 요란하게 울렸다.

"3사동 4방에서 폭행 사건 발생했습니다. 가해자는 조폭 어금니입니다. 인근에 계신 교도관들은 즉시 3사동 4방으로 와주십시오! 기동대와 의료과도 지원해주십시오!"

목소리가 다급했다. 그럴 만했다. 어금니가 누굴 때렸는지는 몰라도 보나 마나 대형사고일 게 뻔했다. 무전이 보안과 전체망으로 울렸으니 이를 들은 보안과장이 중앙통제실로 가서 사건 현장을 노려보고 있을 게 뻔했다. 계장 중에서, 아니 모든 교도관 전체에서 박 계장이 현장에 가장 먼저 도착해 일사분란하게 진압과 수습을 지휘해야 했다. 보안과장이 보고 있으니까. 기봉규 따위는 새까맣게 잊고 개구리처럼 폴짝 뛰어가버린 박 계장은 야심가였던 것이다. 머무르는 우물이 너무 낡고 작아서 문제지만.

"모두 현장으로 가! 그리고 오 주임."

박 계장이 3사동으로 뛰어가면서 오용수에게 지시했다. 거기 있던 사람 중 믿을 만한 사람은 최강이와 오용수뿐이었는데, 최강이는 여자인데다 자기랑 직급이 같아서 이런 지시를 내리기

난감했다. 오용수는 평소에 일을 믿고 맡길 만한 직원이라고 여겼는데, 아무리 최근에 김대식 사망 건이 있었다 해도 오용수는 역시 믿을 만한 직원이었다. 오용수가 자신한테 항상 공손하게 경례하고 존경을 표한다는 게 유일한 이유였다.

"오 주임. 자네는 저 녀석 몸 좀 수색해봐. 아무래도 수상해. 그리고 수상쩍은 게 나오면 즉시 나한테 보고해."

이렇게 함으로써 성질 더러운 박 계장은 손 안 대고 코를 풀려고 했다. 만약 정말 수상한 물건이 나오면 자신이 지시해서 적발한 것이니 박 계장 본인의 공이 된다. 만약 그런 물건이 안 나오면 오용수가 괜히 몸수색을 한 것이니 기봉규가 이에 대해 문제를 제기할 시 오용수에게 책임을 떠넘기면 된다. 이런 게 박 계장의 근무 방식이었다.

"넌 왜 쓸데없이 문제를 일으켜?"

최강이마저 사라지자 오용수가 기봉규를 힐난했다.

자기보다 예닐곱 살이나 어린놈이 반말을 찍찍 내뱉자 기봉규는 순간 기함했다. 평소에도 오용수는 기봉규랑 허태구한테 반말을 해서 자주 충돌을 일으킬 때가 많았다. 그럴 때마다 허태구는 어이씨 아이씨 하며 들릴 듯 말 듯 씨불거렸고, 기봉규는 피가 거꾸로 솟아 내판 싸우곤 했다.

그런데 오늘은 상황이 상황인지라 기봉규는 움찔할 뿐 대꾸도 못했다. 하필이면 이 자식한테 걸리다니. 이제 모든 상황은 종료될 것이다. 그간의 전말을 조사실에서 다 고백해야 하고, 먹었던 돈은 모두 토해내야 할 것이다. 대체 여태 무슨 짓을 했단 말인가! 자수하기 위해, 처벌받기 위해 그 고생을 해가며 돈을 빼돌렸단 말인가! 기봉규는 지금이라도 자수하고 싶어져 자기도 모르게 그 의사를 입 밖에 반쯤 꺼냈다.

"저기, 지금이라도……."

상대가 반말을 하니 기봉규도 소심하게 반말 비슷하게 말끝을 흐렸다. 그러면서 지금이라도 자수할 의사를 표하려고 했는데, 오용수가 급하게 말을 끊었다.

"가봐."

"……?"

"가보라고. 못 본 체할 테니."

"……?"

오용수가 미쳤나 보다. 그냥 가라니. 기봉규는 그냥 갈 수도 없고 안 갈 수도 없었다. 그런데 안 가면 안 되니까 그냥 가야겠다 싶었다.

"박 계장한테는 말 잘해놓을게. 저 등신은 내 말이라면 다 믿으니까."

"그, 그럼 정말 간다!"

후다닥 뛰어가는 기봉규의 겁먹은 뒤통수를 향해 오용수가 "잘 가!" 하고 기분 좋게 외쳤다. 뒤를 돌아보니 손까지 흔들고 있었다. 손가락을 활짝 펼쳐 손가락 다섯 개를 흔들어대며. 마치 5만 원짜리 돈뭉치를 상징하듯.

"오용수라면 당신이 그렇게 싫어하던 인간 아냐?"

돈을 다 센 지미라가 물었다. 그때 천둥이 치더니 비가 후두둑 떨어지기 시작했다.

"그렇지. 그래서 정말 이상하지. 난 빠져나가지 못할 궁지에 몰렸었는데, 그 오용수가 도와줬단 말이지."

"왜?"

"난들 알아? 왠지 찝찝해. 손가락은 왜 활짝 폈을까……."

둘이서 심각한 대화를 나눌 때였다. 빌라 1층 현관문 앞에서 천둥소리 틈으로 자동차 엔진 소리가 났다. 또 누가 저기에 주차하나 싶어 기봉규가 후다닥 일어나서 창밖을 봤다. 억수같이 비가 내리고 있었다.

아뿔싸! 우산도 없이 차에서 내리는 놈은 지범수였다. 뭐가 저리도 신이 났는지 싱글벙글한 지범수의 뒤로 여자친구 차수미가 보였다. 둘은 비를 피하려고 현관문 안으로 잽싸게 들어오고 있었다.

"누나, 매형! 나 왔어. 수미도 왔어."

그 순간, 기봉규와 지미라는 정말 꺼림칙한 느낌을 받았다. 차수미라니. 그것도 이런 날씨에. 저 말 많은 여자애가 왜 이럴 때……. 바로 옆집에 사는데 그냥 곱게 집으로 들어갈 것이지. 지미라는 혹시 몰라 이불을 돌돌 말아 침대 밑을 막았다. 그런 게 더 의심스러운 줄도 모르고.

지범수의 손에 들린 커다란 비닐봉지가 비에 젖은 채 을씨년스럽게 부스럭거렸다. 봉지 안에서 술병끼리 부딪혀서 금방이라도 깨질 듯한 신경 거슬리는 소리가 났다.

"누나, 매형! 오늘은 파티를 해야지."

"맞아요, 언니! 오빠도 얼른 오세요. 축하 파티 해야죠. 딱 좋은 날씨예요."

둘은 마치 자기네 집인 양 상을 차리더니 술병과 치킨을 내놓았다. 지범수의 입에서 술 냄새가 확 풍기는 걸로 봐서 음주운전을 해서 왔나 보다.

"파티는 무슨 파티. 차수미, 넌 얼른 집에 가."

기봉규가 타일렀지만 이미 반쯤 술에 취한 지범수와 차수미는 바닥에 퍼질러 앉아 벌써 병뚜껑을 따고 있었다. 그렇게 축하 파티라는 것이 시작됐다.

"그나저나 축하 파티라니? 오늘 수미 생일이야? 범수 생일은 아닌데."

지미라가 묻자 차수미는 다 안다는 듯 싱긋 눈웃음을 치며 지범수에게 어깨동무를 했다.

"언니, 다 알고 왔어요. 우리도 식구잖아요. 어차피 범수랑 결혼할 건데."

"수미야, 그건 또 무슨 말이냐?"

기봉규는 불안해져서 자기도 모르게 언성이 높아졌다.

"오빠, 혹시 저랑 범수랑 결혼하는 걸 반대하시는 거예요? 오빠가 무슨 권리로?"

"이봐, 수미 아가씨. 저놈이랑 결혼하든 이혼하든 내 상관할 바 아니지만, 다 알고 왔다니 뭘 알고 왔는지 묻는 거잖아."

기봉규가 짜증이 난 이유는 다른 데 있었다.

차수미는 신이 나서 지범수에게 들은 얘기를 미주알고주알 다 늘어놓았다. 벼락 소리도 묻어버리지 못할 만큼 차수미의 목소리는 컸다.

충격받은 기봉규는 화장실로 후다닥 뛰어가 구토를 했다. 두통으로 머리가 깨질 것 같았다. 차수미가 술 냄새를 풍기며 뱉어내는 낱말 하나하나가 모기떼가 앵앵거리며 덤벼들 듯 기봉규를 위협했다. 창밖에서는 번개가 번쩍했고, 곧이어 천둥이 우르르 울렸다. 술 취한 차수미는 까르르 웃으며 날씨가 좋다고 박수를 쳤고, 저만치 어딘가에서 요란한 사이렌이 들렸다. 그 긴박한 소리는 점점 가까워졌다. 기봉규를 포위라도 하듯. 기봉규를 체포하러 다가오기라도 하듯. 방치된 화장실의 눅눅한 곰팡내에 술 냄새까지 뒤섞이자 기봉규는 두어 번 더 헛구역질을 했다. 식도를 타고 신물이 역류했다. 목구멍이 타들어가는 듯했다.

지미라는 동생 지범수의 등짝과 뒤통수를 연신 때렸다. 기분좋게 만취한 지범수는 간지럽다며 까르르 웃어댔다.

"어쨌든 이제 부자네요. 우리 모두 다."

행복에 겨운 차수미는 이 일을 절대 아무에게도 말하지 않겠다고 맹세했다. 그러고는 자기 몫을 요구했다. 그 근거는 바로 비밀을 지켜주는 대가였다.

"어머, 돈이 침대 밑에 있나 봐요? 이불로 꽁꽁 숨겨놨네?"

안방의 열린 문틈으로 이불을 본 차수미가 술 냄새를 확 풍기며 여느 때처럼 해맑게 웃었다.

원혼이 깃든 돈

다음 날, 심신이 지친 기봉규가 출근하려고 빌라를 나오자마자 허태구가 안색이 하얗게 질린 채 기봉규의 멱살을 잡고 흔들어댔다. 노총각 허태구는 교도소와 가까운, 기봉규의 옆집 원룸에서 월세로 살고 있다. 함께 일을 하는 것도 있었지만, 집이 가까워서 더 친해지는 계기가 되었다.

"얀마, 대체 너 얼마나 떠들고 다닌 거야?"

가뜩이나 간밤에 지범수와 차수미한테 된통 시달린 기봉규는 이건 또 무슨 일인가 싶어 불안하게 눈을 씀벅거렸다.

"떠들긴 내가 뭘 떠들어."

"그럼 그 미친 여자는 뭐야! 정말 귀신이야?"

온몸에 소름이 확 돋은 허태구는 간밤에 난데없이 자기 앞에 홀연히 나타난 여자 귀신을 떠올리며 따졌다.

"미친 여자라니? 내가 아는 미친 여자는 딱 한 명밖에 없어!"

기봉규는 차수미를 떠올렸다.

"간밤에 무슨 일이 있었는 줄 알아? 내 원룸에 어떤 여자가 들어오더니 돈 9억 원이 어쩌고저쩌고, 교도소가 어쩌고저쩌고 떠들어댔단 말이야."

도대체 이건 또 무슨 소리인가 싶은 기봉규. 피곤한 눈을 부릅뜨고 머리를 굴려도 무슨 말인지 도통 이해가 되지 않았다.

기봉규와 허태구가 이해할 수 없는 이 일은 아무래도 우선 차수미가 지범수에게 요상한 개꿈에 대해 얘기하는 걸 들어봐야 할 성싶다.

오빠, 내 옆방 노총각 알지? 뭐? 아침부터 왜 그 아저씨 타령이냐고? 됐거든. 난 그런 지질한 남자 관심 없거든. 근데 이게 꿈인지 현실인지는 모르겠지만, 일단 꿈이라고 치자. 현실일 리는 없을 테니까. 아무튼 꿈에 그 옆방 남자가 나타났단 말이야. 이게 정말 꿈이라면 개꿈도 이런 개꿈이 없지.

아유, 생각할수록 구질구질해 정말! 어제 우리 다 같이 파티를 했었잖아. 비가 억수같이 내린 데다 천둥까지 쳐서 나 솔직히 좀 무서웠어. 오빠도 알다시피 나는 술을 꽤 많이 마셨어. 아닌가? 맥주잔에 맥주랑 소주랑 섞어서 스무 잔쯤 마셨으면 많이 마신 건가, 적게 마신 건가? 아참, 이게 중요한 건 아니지. 그래, 어제 나는 가뜩이나 무서웠는데 비틀거리며 혼자 집에 왔어. 오빠가 뻗어버려서 안 데려다줬잖아.

알다시피 내 방은 102호야. 열쇠를 꺼내려고 핸드백에 손을 집어넣는데 열쇠가 잘 안 잡히는 거 있지. 혹시 잃어버렸나 싶어 이리 뒤지고 저리 뒤져도 열쇠가 보이지 않았어. 선 채로 비틀거리며 한참을 찾았지. 그러다가 꽈당 바닥에 엎어졌어. 그래도 열쇠를 찾긴 찾았어.

그런데 열쇠 구멍에 아무리 열쇠를 꽂아보아도 잘 들어가지 않는 거야. 아무래도 간밤에 나는 많이 취했던 것 같아. 신경질이 나서 손잡이를 잡고 그냥 한번 힘껏 당겨봤어. 허탈하게도 바로 열리는 거 있지. 정신없이 문도 안 잠그고 나갔었나 봐. 나는 돈타령을 하며 흥얼거리면서 방에 들어가려고 했지.

그런데 내 방에 바로 그 미친놈이 있는 게 아니겠어? 그것도 내 의자에 앉아 있었단 말이야! 그 새끼는 내가 자기를 보고 있는 줄 모르는 것 같았어. 천둥소리가 워낙 요란했으니까 내가 문손잡이를 잡고 덜그럭거리는 소리를 못 들은 거겠지. 당연히 무서웠지. 평소부터 수상해 보이긴 했는데, 언제 내 열쇠를 복사해두었던 걸까? 무슨 시커먼 꿍꿍이로? 혹시 나를? 어디 그러기만 해봐. 베개 밑에 가위를 숨겨놨다가 땅콩만 한 고것을 싹둑 잘라버릴 테니까.

아무튼 그런 돌발적인 상황은 상상해본 적이 없어서 나는 뻿뻿하게 굳어버렸어. 마른 오징어처럼. 난 말랐으니까. 112에 신고를 할 생각조차 못 했다니까. 내가 할 수 있는 건 그 자식이 무슨 짓을 하는지 빠끔히 열린 문틈으로 지켜보는 것밖에 없었어. 문 뒤로 몸을 숨기고 문틈으로 눈만 내밀었어. 그런데 세상에! 그 변태 같은 자식이 내 의자에 앉아서 그 짓을 하고 있는 거 있지. 그걸 참 숙녀 입으로 뭐라고 표현해야 하나. 영어로 뭐라고 하더라. 갑자기 생각이 안 나네. 한국말로는 차마 입에 담을 수 없고……. 모르겠어? 내숭은. 아무튼 더러운 추리닝을 무릎까지 내리고는 더 더러운 그곳을 쓱싹쓱싹 휴지로 닦는 거야.

그게 끝인 줄 알아? 나 참, 성이 안 찼는지 닦고 나서 못된 손가락을 또 달달달 떠는 거 있지. 번데기만 하게 작아진 그걸 잡은 채 말이야. 설마 오빠도 그러는 건 아니겠지? 어휴, 동영상을 찍어서 인터넷에 올려버렸어야 하는 건데, 왜 그 생각을 못했지.

그 뒤에 어떻게 됐냐고? 내가 말했잖아. 어제 나는 많이 취했다고. 다행히 그놈이 추잡한 짓을 하던 방은 내 방이 아니었어. 그놈이 사는 방이었지. 엎어졌다가 일어서면서 내가 방문을 잘못 연 거야. 그래도 그렇지. 바로 내가 사는 옆방에서 그러고 있었다니. 근데 만약 이게 현실이라면, 그놈이 내 돈타령을 들었으면 어쩌지? 교도소의 9억 원이 어쩌고저쩌고 했던 기억이 나는데. 본인한테 물어볼 수도 없고. 그치?

이로써 아무 걱정 없이 태평스럽던 지범수는 새로운 걱정이 생겼다. 만약 그게 꿈이 아니라면 차수미가 그 남자한테 다 털어놔버린 것이 된다. 꿈이라면, 괜히 물어봤다가 자백하는 꼴이 된다. 이를 어쩐다. 아무래도 누나에게 털어놔야 할 것 같다. 힘들 땐 가족끼리 상의를 해야 하니까.

한편, 기봉규와 카풀을 하는 허태구는 조수석에 앉은 채 간밤에 있었던 소름끼치는 기억을 쏟아내기 시작했다. 생각할수록 너무 무서워 얼굴에 여드름만 한 소름이 확 돋아났다.

이 돈에 대해서는 이 세상에서 너랑 나밖에 모르니까 나누면 4억 5000만 원씩이잖아. 그렇지? 그래서 종이에 적어가며 돈 계산을 좀 해봤지. 결혼식 올리는 데 얼마, 전셋집 구하는 데 얼마, 이렇게 말이야. 너도 알다시피 내가 암산이 안 되니까 종이에 적어가며 계산해야 했어.

연필꽂이에 손을 갖다 대다가 마침 옆에 있던 컵을 엎지르고 말았지 뭐야. 마시다 만 우유가 내 추리닝 바지에 쏟아졌어. 가뜩이나 세탁을 자주 하지 않는 나로서는 난감한 일이었지. 급히 이리저리 닦았거든. 속까지 흥건히 젖었기에 추리닝 바지를 무릎까지 내리고 휴지로 닦아냈어.

그때 뭔가 이상한 낌새가 느껴져서 곁눈질로 문 쪽을 슬쩍 봤거든. 무언가 있었어. 분명 있었어. 그게 무언지는 모르겠지만, 아니 그냥 무언지 모른다고 애써 말하고 싶지만, 그것이 나를 노려보고 있었단 말이야! 돈타령을 하며. 귀곡을 흘리는 여자 귀신처럼 뭔가를 노래하며. 세상에, 귀신도 돈을 좋아할 줄 누가 알았겠어.

번개가 번쩍일 때 그것의 흉측하고 시퍼런 눈빛도 함께 번뜩였어! 고추를 닦던 내 손은 수음(手淫)을 하는 것처럼 덜덜 떨렸지. 아직도 인정하기는 싫지만, 그건 분명 귀신이었어. 머리카락을 흐트러뜨린 여자 귀신이 빠끔히 열린 문틈으로 나를 훔쳐보고 있었던 거야! 몸통은 어디 갖다 버렸는지 대갈통만 허공에 붕 뜬 채 나를 노려보고 있었단 말이야!

만약 천둥소리라도 없었다면 나는 귀곡에 홀려 여귀의 무덤으로 끌려갔을지도 몰라. 혹시 귀신이 나타날 땐 악취가 난다는 말을 들어본 적 있어? 그것에게서는 술 냄새처럼 시큼하고 퀴퀴한 죽음의 냄새가 진동했어! 혹시 우리에게 한을 품은 원혼인가?

우리가 그런 짓을 저지르기라도 했었나? 아무튼 나는 떨리는 눈깔을 반대편으로 굴려 그것을 애써 외면하고자 했지. 아무래도 그 돈은 어떤 원혼이 깃든 돈이 아닐까? 정말 처음부터 이상했잖아. 우리 같은 사람들한테 횡재가 있을 리가 없는데. 뭔가 좋은 일이 생긴다는 건 안 좋은 일이 따라붙는다는 징조 같거든.

허태구의 말을 한참이나 듣고 있던 봉규는 깊은 한숨을 내쉬었다. 가뜩이나 처리할 수 있는 용량이 얼마 안되는 머릿속이 너무나 복잡했다. 그런 머리로 애초에 세운 계획도 정말 간단했지 않은가. 돈을 빼돌렸다가 별 탈 없으면 나누기. 그런데 그 나누기의 분모가 가면 갈수록 커지더니, 이제는 귀신까지 들러붙은 게 아닌가. 처남과 그놈의 여자친구까지 분모에 포함됐다는 말은 차마 허태구에게 아직 할 수 없었다.

기봉규는 생각했다. 허태구가 거짓말을 할 리는 없다. 멍청하지만 그럴 인간은 아니다. 그렇다면 허태구가 본 그 존재란 대체 무엇이란 말인가. 앞으로 자신들에게 어떤 일이 일어날 것인가! 기봉규는 불안과 공포에 몸을 부르르 떨었다. 아무래도 이 일은 아내 지미라와 상의해야 할 것 같았다. 어려울 땐 가족끼리 힘을 모아야 하니까.

최강이는 폭행 가해자인 어금니를 앉혀놓고 조서를 작성 중이었다. 아무리 조폭 두목이라 해도 추가로 고소 건이 떠서 형기가 늘어나는 건 그 무엇보다 무서웠다. 같은 방 똘마니 좁쌀을 때린 것 때문에 폭행으로 추가 건이 떠버리면 출소가 얼마 안 남은 어금니의 모든 계획이 망가진다. 지금 이 순간 어금니가 가장 두려워하는 사람은 바로 최강이라는, 앳된 여자 계장이었다.

어금니에겐 특별한 계획이 있었다. 그건 같은 방을 쓰던 김대식이라는 노인과 똘마니 좁쌀로부터 얻은 아이디어 덕분이었다. 애초에 김대식이라는 노인과 어금니는 같은 날 입소했다. 김대식은 특수공무집행방해, 어금니는 보나 마나 공갈.

입소하던 날, 어금니는 경찰 호송차에 탄 채 눈물을 글썽이며 교도소 외정문으로 들어오고 있었다. 그때 어떤 노인이 외정문에 근무하던 교도관을 폭행하기 시작했다. 그 노인은 코끼리만 한 캐리어를 소지하고 있었다. 세상에 저렇게 큰 캐리어가 있나 싶을 정도였다. 자기 아들이 여기 근무하는 교도소장이라며, 즉시 이 캐리어에 든 90억을 유산으로 남겨줘야 한다고 주장했다.

"미친 영감이군."

울적한 어금니가 비웃은 그 노인이 바로 김대식이었던 것이다. 김대식은 근무 중인 공무원 폭행으로 현장에서 현행범으로 체포, 일단 바로 교도소 유치실에 수감됐다. 그러고는 며칠 후 옮겨간 방이 하필 어금니가 있는 3사동 4방이었던 것이다.

점잖게 표현하여 수용자, 있는 그대로 말하자면 죄수, 교도관의 은어로는 도둑놈. 이들이 구치소든 교도소든 입소를 하면 신입계호팀으로부터 몸수색을 당한다. 특수 카메라가 부착된 바닥에 쭈그리고 앉아 항문 검사도 받아야 한다. 그리고 소지하고 있는 돈과 물건을 영치금과 영치품이라는 이름으로 맡긴다. 그때 정신이 오락가락하는 김대식이 캐리어를 안 빼앗기려고 버둥거렸다.

"이거 우리 아들 줘야 해. 너희들에게 줄 돈 아니야."

돈이라는 말에 순간 부담감을 확 느낀 신입계호팀은 이걸 어떻게 출소할 때까지 제대로 보관하나 고민에 빠졌다. 곧이어 그들은 스스로에게 실망한 자기 자신을 발견했다. 믿을 사람 말을 믿어야지, 정신이 오락가락하는 할아버지의 말을 잠시나마 믿고 걱정에 빠졌던 게 부끄러웠다. 누가 보는 사람은 없었지만.

신입계호팀 중 한 명이 성격이 아주 신중했나 보다. 그는 캐리어 안에 뭐가 들었는지 혹시 몰라 다른 신입 수용자들이 볼 수 없도록 다른 데로 가져가 캐리어를 열어젖히고 안을 살폈다.

"컥!"

그가 굵직한 비명을 지르자 다른 팀원들이 그리로 하나둘 달려왔다. 그리고 이어지는 컥! 컥! 컥! 정말로 노인 말대로 거금이 들어 있었고, 그의 주장처럼 90억까지는 아니지만 어마어마하게 많은 돈 같았다.

그들은 일단 어금니를 포함한 다른 신입수용자를 다 처리한 후 각각의 사동으로 보냈다. 그러고는 김대식 혼자 남은 자리에서 돈의 액수를 정확히 세고, 그 금액이 정확하다는 확인을 시킨 후 서류에 김대식의 손도장을 찍게 했다. 그들은 기봉규나 허태구와 달리 정직하게 행동한 교도관들이었다. 돈을 탐하지도 않았다. 어쩌면 정직해야 하는 조건과 환경이어서 그렇게 행동했는지 모르겠다. 돈의 주인이 얼마 후 죽을지 누가 예상했겠는가. 그리고 음험한 계획을 세운다 한들 서로가 서로를 어떻게 믿을 수 있겠는가. 어쨌든 그들은 정직하게 일 처리를 할 수밖에 없었던 것이고, 기봉규와 허태구에게 고스란히 돈이 넘어간 이유가 바로 저것이다.

하지만 어금니는 고릴라처럼 둔하게 생긴 외모와는 달리 눈치가 빨랐다. 김대식이 소란을 피울 때 외치던 말, 신입계호팀의 수상쩍은 반응과 일 처리 등이 영 마음에 걸렸다. 그런데 그 문제의 김대식이 어금니와 같은 방을 쓰게 될 줄은 누가 알았겠는가. 원래 수용자는 나이, 범죄의 종류, 전과의 정도 등에 따라 방을 분류하지만, 그때그때 수용자들의 총원과 방의 정해진 정원에 따라 안 어울리는 수용자들을 한 방에 몰아넣는 경우도 종종 있다.

"영감, 영감은 저 구석 자리를 쓰쇼. 이 방 방장은 우리 형님이니까 괜히 제일 좋은 자리 탐하지 말고."

왜소하고 눈매가 좁쌀 같은 데다 마음도 좁쌀처럼 옹졸해서 좁쌀로 불리는 좁쌀이 3사동 4방의 제일 좋은 자리에 떡하니 누워 있는 어금니에게 아부를 떨며 김대식을 슬슬 겁주었다. 감방에서 제일 좋은 자리인 방장 자리라고 해봐야 출입문에서 가장 가까워서 복도 공기를 마실 수 있는 자리가 고작이었다.

"내 돈 어디 갔어? 내 돈 내놔. 우리 아들이 여기 소장이니까 당장 불러줘."

김대식은 또 돈타령을 했고 그놈의 소장 아들 이야기를 계속 해댔다.

"어우, 정말 듣기 싫어. 아까부터 계속 같은 지랄을 일관적으로 하네."

어금니가 어금니를 꽉 깨물 듯 입을 앙다문 채 김대식을 노려봤다. 그러나 허공에 도끼질하는 격이었다. 정신이 오락가락하는 김대식은 어금니를 보고 전혀 겁먹지 않았다. 아무리 거칠게 욕을 하고 으르렁거려봤자 눈사람한테 사시미칼 꽂는 격이었다.

"어휴, 감방생활 지긋지긋해 정말. 이제는 하다 하다 조폭방에 미친 영감도 넣어? 이게 교정교화고, 선진교정이냐? 아우야, 네 생각은 어떠냐?"

"저는 생각 같은 건 생각 안 하고 산 지 오래됐습니다요. 저는 형님의 손발이라서 머리가 따로 필요 없습니다요."

아우 좁쌀의 아첨에 기분이 좋아진 어금니는 껄껄 웃어젖혔다. 그러자 아래위로 어긋난 호랑이 아가리가 좌우 비대칭으로 꿈틀거렸다. 누가 봐도 소가 아래턱을 좌우로 비비며 여물을 씹어대는 꼴 같았다.

"미친 호랑이다."

김대식이 어금니의 호랑이 문신을 보고 깔깔깔 웃었다. 좁쌀도 웃음을 참지 못해 밥상에 좁쌀이 좌르르 퍼지는 것 같은 웃음을 흘렸다. 어금니를 보고 움찔해 기침을 하는 척 딴청을 피웠지만.

가뜩이나 검붉은 고릴라처럼 생긴 어금니는 김대식의 비웃음에 천 길 불길에 휩싸인 고릴라가 되어 활활 타올랐다. 어금니는 방에서 체면 유지를 위해서라도 당장 김대식을 쳐 죽일 듯이 주먹을 꽉 쥐고는 허공에 번쩍 들어 올렸다. 불끈 쥔 주먹이 여인의 손길처럼 참 곱고 부드러웠다. 방금 핸드크림을 바른 촉촉한 주먹이 허공에서 번들거리며 타격 지점을 찾아 두리번거리고 있었다.

“누나, 할 말 있어.”

차수미와 함께 헐레벌떡 뛰어 들어온 지범수가 지미라를 붙잡고 호들갑을 떨어댔다. 지미라는 완벽학원 측이 보내온 내용증명을 보며 펄쩍 뛰고 있던 참이었다. 완벽학원 폐업에 책임이 있는 피고 지미라에게 손해배상 1억 원을 청구한다는 게 골자였다.

최근 들어 기봉규도 그렇고 지미라도 그렇고 집을 돌보지 못해 집 안 꼴이 엉망이었다. 소파 위에 널브러진 더러운 이불 위로 바싹 말라가는 화분의 꽃잎이 나뒹굴고 있었다. 청소를 한 지 오래돼서 바닥에는 먼지 뭉치가 공처럼 굴러다니고 침대 위에는 냄새나는 옷가지가 던져진 채 방치되어 있었다. 침대 시트는 구겨져 방바닥까지 흘러내린 채 지나가는 사람들의 발에 밟혀 시커멓게 때가 타 있었다. 세탁기 위에 쌓여가는 세탁물에서는 역한 냄새까지 나기 시작했다.

집주인이 전세를 빼달라는 통보를 한 지 제법 지났다. 하필 법원을 나오던 날 그런 문자를 받았다. 바쁘게 살다 보니 원래도 집에 무신경했지만 그 말을 들은 이후로 집은 더 엉망이 돼갔다.

지미라는 엉망이 되어가는 집구석을 보다가 문득 시아버지를 떠올렸다. 시아버지라는 사람이야말로 '엉망이 된 집구석'을 만드는 데 남다른 소질이 있었으니까. 기봉규와 결혼하고 그 생고생을 하며 산 게 다 시아버지 덕분이었다. 요즘은 어디 가서 또 뭘 하고 있는지 모르겠지만, 제발 이렇게 골치 아플 때만큼은 연락을 안 해줬으면 했다. 시아버지든, 그 때문에 연락하는 경찰이든 변호사든.

"제발 나쁜 소식이 아니었으면 좋겠어."

지미라는 대꾸할 기운도 없어 바람 빠진 튜브처럼 말했다.

"수미야, 네가 말해."

할 말이 있다고 해놓고는 막상 말하려니 설명하기 귀찮아진 지범수가 차수미에게 떠넘겼다. 차수미는 꿈인지 현실인지 모를 간밤의 그 기묘한 일에 대해 털어놓기 시작했다. 지미라의 동공이 점점 더 커지더니 눈알이 아예 빠져버릴 것 같았다.

"만약 그게 꿈이 아니라면?"

지미라가 따지듯 물었다.

"만약 그게 수미 네가 정말 저지른 짓이라면 우리 비밀을 아는 사람이 한 명 더 생긴 거네?"

지범수가 차수미를 변호하듯 나섰다.

"아냐, 누나. 분명 꿈일 거야. 수미가 꿈에서 봤다는 그 남자는 현실에서 존재하기 어려울 만큼 지질하고 구질구질한 남자였대."

지미라는 쯧쯧 혀를 찼다. 거울이라도 좀 보면서 남 흉을 보라는 듯 신경질적으로 지범수를 힐끗 노려봤다. 지미라는 '그 남자'가 허태구일 거라고는 전혀 생각지 못했다.

"만약 그게 현실이었고, 수미 네가 다 떠벌린 거라면 이제 어떻게 수습할 생각이야? 그러게 내가 어제 술 그만 마시고 집에 가라고 했지?"

따져봤자 엎질러진 물이었다. 이 일을 어떻게 수습해야 하나……. 차수미가 사는 원룸 건물을 다 뒤져서 생김새를 대조, 비밀을 아는 그 남자를 색출해서 제거해야 하나……. 이미 그 남자가 여기저기 떠벌렸다면 비밀을 공유한 모든 사람을 찾아내 몰살시켜야 하나……. 그럼 민사소송뿐 아니라 형사소송으로 가겠지…….

지미라가 실행할 수도 없는 상상에 잠시 빠져 있을 때 일그러진 표정으로 퇴근한 기봉규가 들어왔다. 오늘 기봉규는 빈손이었다. 아무래도 박 계장과의 일 때문에 당분간 조심하는 눈치였다. 이제 마지막으로 한 번만 더 운반을 하면 되니까 그리 급할 건 없었다.

차수미가 집 안에 있는 걸 보고 인상을 확 찌푸린 기봉규. 비밀을 아는 사람이 는다는 건 돈을 나눌 사람이 많다는 걸 의미했다. 하다 하다 이젠 귀신까지 그들의 비밀을 알고 있으니까.

"내 친구가 그러는데, 어떤 귀신이 우리 비밀을 알고 있대."

"그건 또 무슨 말이에요? 귀신이라뇨?"

하다 하다 이젠 귀신이라니! 지친 지미라는 이제 아예 대꾸할 기운도 없었고, 대신 차수미가 흥미롭다는 듯 눈을 반짝이며 물었다.

"얼른 말해보세요, 친구분이 귀신이랑 친하다고요?"

"매형, 수미가 답답해하잖아요. 뜸 들이지 마요, 좀."

기봉규도 뜸을 들이고 싶어서 들이는 게 아니다. 아무리 생각해도 무서워서 그렇다. 입에 담기도 싫을 만큼.

"내 친구 허태구 알지?"

"알지."

"알아요. 그 지저분한 아저씨."

"난 몰라요. 그런 아저씨는 알고 싶지도 않아요."

차수미 빼고는 모두 허태구를 알았다.

기봉규는 난데없이 차수미를 빤히 쳐다보더니 신들린 듯 중얼거렸다.

"닮았어. 아무래도 닮은 거 같아."

"오빠, 내가 누구랑 닮았다고 그래요? 연예인이면 좋겠어요."

"너무 닮았어. 수미 너, 그 녀석이 묘사하던 그 귀신이랑."

어설프고 허옇게 뜬 화장처럼 창백한 안색, 너무 길어서 새끼줄처럼 꼬여버린 생머리, 시뻘건 입술, 당나귀처럼 커다란 귀, 짓눌린 듯 납작한 코, 소복 대신 입은 하얀 원피스……. 거기다가 키와 체형까지 비슷하다. 닮아도 너무 닮았다, 그 허태구가 곁눈질로 봤다는 그 귀신이랑.

"이거 어쩌면……."

허태구가 불길하게 중얼거렸다.

"어쩌면 뭐?"

이구동성으로 물었다.

허태구가 뭔가에 홀린 듯 차수미를 두려운 눈으로 멍하게 바라보더니 들릴 듯 말 듯 중얼거렸다.

"이 돈, 허태구 말대로 정말 원혼이 깃든 돈인지도 몰라."

이거 다 비밀입니다

늘 그렇듯 웃옷을 벗어던지고 상체를 다 드러내고 있는 어금니. 농구공만 한 주먹이 타격 지점을 찾다가 결국 어금니 자신의 가슴을 쿵쿵 때렸다. 몇 대 때려도 답답한 속이 안 내려가는지 두어 번 더 때렸다. 그러자 턱이 어긋난 호랑이가 추운지 달달달 떨렸다.

"형님, 참으십시오. 미친 영감 때려봤자 추가 건밖에 더 뜨겠습니까요."

김대식은 추워서 달달달 떠는 듯한 호랑이 문신의 모습이 웃겼는지 까르르르 웃어젖혔다.

"아우야, 아무래도 이번 징역살이는 남다를 것 같구나."

어금니의 예언이 맞았다. 17살 때 시작된 것이 벌써 일곱 번째 징역이 아닌가. 그는 주식이나 부동산 동향은 못 맞혀도 감방생활의 방향은 본능적으로 척 보면 맞혔다.

이렇게 만났던 그들, 그러나 얼마 후 김대식이 죽어버린다. 볼펜을 소시지로 착각한 김대식은 남들 다 잠들었을 몰래 그걸 삼키다가 기도가 막혀 죽어버렸다. 3사동 담당인 오용수가 진급 심사를 앞두고 펄쩍 뛰고 있는 이유는 바로 그 볼펜 때문이었다.

그러나 어금니는 김대식이 정말 수상쩍었다. 어쩌면 김대식이 말하는 그 돈이 실제로 존재할지도 모른다고 생각했다. 다른 말은 다 횡설수설해도 아들이 이 교도소의 소장이라는 점과 국가가 빼앗아간 캐리어 속 돈 9억 원을 내놓으란 말은 일관적으로 했기 때문이다.

이런 가정이 거짓이라 해도 어금니가 손해 볼 건 아무것도 없다. 하지만 만약 참이라면, 그렇다면 이제 김대식이 죽었으니 주인 없는 돈이 된 게 아닌가! 그런데 그 돈이 어디 있지? 김대식이 죽어버렸으니 물어볼 데도 없다. 그 돈이 존재하지 않는다 해도 본전치기이고 손해 볼 게 없었다. 그러니 그 돈 9억 원이 존재한다고 가정하고 행동하는 게 유리했다.

"아무래도 확인해볼 방법은 내 주특기인 공갈과 협박밖에 없겠군."

하지만 누구에게 공갈과 협박을 해야 정보를 얻어낼 수 있는지 몰라 막막하기만 했다.

눈치 빠른 좁쌀은 어금니가 김대식과 돈에 대해 진지한 의문을 품는다는 걸 알고 있었다. 뭘 고민하면서 살아본 적 없는 어금니가 김대식과 돈에 대해서만큼은 진지하다는 점, 김대식이 호랑이 문신으로 놀려도 단 한 번도 때리지 않았다는 점에서 그런 의심은 근거를 더했다.

3사동 4방의 모두가 쿨쿨 낮잠에 빠진 나른한 오후 3시. 3평짜리 감방에 남자 다섯, 아니 김대식이 죽었으니 이제 넷이 있는 이 방에서 비밀이란 있을 수 없다. 모두 잠들기 전까지는. 아직 잠들지 않은 어금니가 좁쌀에게 속삭였다.

"좁쌀아."

"형님, 안 주무셨습니까요, 형님."

"그렇다."

"형님, 얼른 주무시지 말입니다요, 형님."

"네놈 친척 중에 간수가 있다고 했지?"

"사촌인데 접견 한 번 안 오는 새끼 하나 있습니다요, 형님."

"좁쌀 아우가 그 간수 사촌한테 편지 한 통 써야 쓰겠다."

좁쌀과 어금니는 정말 몰랐다. 속닥거리는 소리를 같은 방의 다른 수용자들이 듣고 있었다는 걸. 어금니의 지시를 받은 좁쌀은 다른 구치소에서 근무 중인 사촌에게 편지를 썼다. 편지의 요지는 이랬다.

– 신입수용자 입소 시 맡겨둔 영치품은 누가 관리하는가? 수용자 사망 시 그 영치품은 어떻게 되는가?

답신이 곧 왔다. 그 요지는 이렇다.

– 신입수용자 입소 시 영치품은 신입계호팀이 영치창고에 보관한다. 그리고 출소할 때는 출소서무팀이 영치품을 영치창고에서 꺼내준다. 이 정도는 누구나 아는 사실이므로 바로 답해줄 수 있다. 그러나 사망할 때는 모르겠다. 규정을 찾아보고 관련 직원에게 물어봐야 하는데, 규정 찾는 건 공부 못하는 내게 어려운 일이다. 관련 직원에게 물어볼 수도 없다. 난 이 구치소에서 왕따라서. 그리고 다시는 나한테 연락하지 말았으면 좋겠다.

절반의 성공이었다. 정말 김대식에게 돈이 있다면 그건 일단 영치창고에 있으며, 출소서무팀이 그걸 담당한다는 걸 알아냈다. 출소서무팀이라면 기봉규와 허태구를 말하는 것이었다.

"그 키 크고 겁 많은 교도관이라……."

어금니는 이름 모를 어떤 키 큰 교도관을 떠올리며 출소할 때 그 사람을 협박해보면 되겠다고 생각했다. 그 만만해 보이는 교도관을 겁주면, 어쩌면 진실에 접근할 수 있을지도 모른다고 기대했다.

하지만 이번처럼 사망한 경우라면? 가족에게 인계가 되나? 그게 상식이겠지? 가족이라면? 김대식이 말하던 그 교도소장?

"흠……."

어금니가 뱃가죽에 들러붙은 호랑이를 쓰다듬으며 고민에 빠졌다. 안타깝게도 이번 징역살이는 짧았다. 저지른 짓이 심각하지 않았기 때문이다. 애석하게도 곧 출소였다. 시간이 얼마 없다. 이 돈을 어떻게 빼앗을 수 있단 말인가.

그 돈이 정말 존재하는지 여부도 모른 채 혼자 고민에 빠진 어금니. 혼자 고민하면 할수록 그 돈은 그의 작은 뇌 속에서 점차 실체가 되어갔다. 그러고는 그의 빈약한 머릿속을 가득 채우고 말았다. 이제 그 돈은 존재하는 돈이었고, 반드시 그래야만 했다.

"그런데 왜 얌전히 낮잠 자고 있는 좁쌀을 때린 거예요? 서로 친한 걸로 아는데."

다시 딱딱한 분위기의 조사실. 최강이가 꿰뚫어 보는 듯한 눈으로 어금니를 그윽하게 바라봤다. 어금니는 최강이와 눈이 마주쳤지만 금세 시선을 돌렸다. 앳되고 독해 보이지 않는 용모이지만 조사실 밥을 오래 먹은, 그리 만만한 상대가 아님을 단번에 알아볼 수 있었다.

어금니는 공갈 피해자와 합의를 해서 출소가 얼마 안 남았는데, 이런 단순 폭행으로 검찰에 송치하는 건 가혹했다. 게다가 폭행 피해자인 좁쌀도 처벌을 극구 원치 않는다고 했다. 금치 7일 정도의 적당한 징벌만 주는 쪽으로 처리하는 게 합당하다는 게 최강이의 생각이었다.

"그건…… 좁쌀이 말이 많아서 주둥이를 한 대 팼을 뿐입니다요. 저는 살짝 때린다고 때린 건데 좁쌀의 주둥이가 터져버려 이 지경이 됐습니다요."

"자고 있는데 어떻게 말이 많을 수 있죠?"

"잠꼬대를 많이 한다는 겁니다."

최강이가 보기에 영 이상했다. 아무리 감방이라지만 잠꼬대를 한다고 때린 경우는 본 적이 없다. 만약 그 잠꼬대 내용이 아무도 들어서는 안 될 것이었다면 이야기가 달라지겠지만.

"가서 처분을 기다리세요. 일단 조사방으로 전방 보내겠습니다. 본인 짐은 사동 청소부가 갖다줄 겁니다."

다음은 피해자인 좁쌀을 조사할 차례였다. 사실 조사할 것도 없었다. 어금니의 말이 맞는지, 정말 자다가 잠꼬대 때문에 얻어맞은 건지만 확인하면 됐다. 그러나 최강이는 기어코 좁쌀을 조사실로 불렀다. 대체 무슨 잠꼬대를 했는지 간접적으로나마 알아보기 위해서였다. 대충대충 넘기면 될 일일 수도 있지만, 아직 5년차 교도관에 불과해서인지 최강이는 철두철미했다.

"어금니한테 왜 맞았죠?"

"저는 모르겠습니다요. 그냥 낮잠 자다가 아파서 깨보니 형님이 씩씩거리고 있었고, 제 입술이 다 터져 있었습니다요."

"그래서 비상벨을 눌러서 신고한 건가요?"

"아닙니다요. 제가 어떻게 형님을 고자질하려고 비상벨을 누르겠습니까요. 같은 방에 있는 다른 사람이 눌렀습니다요."

최강이가 고개를 한 번 옆으로 까딱거렸다.

"같은 방의 다른 수용자? 그 사람도 그 시간에 안 자고 있었단 말이에요? 어금니 말로는 모두 낮잠 자고 있었다던데?"

아뿔싸! 좁쌀은 가슴이 철렁했다. 자신이 잠꼬대를 했다는 이유만으로 어금니가 때렸다면 김대식의 돈 얘기에 관한 것이었던 게 분명하다. 그럼 같은 방 수용자들이 들었단 말인가. 비밀이 새어나갔단 말인가.

"참 이상하군요. 대체 무슨 잠꼬대를 했기에 입술을 팥죽처럼 만들어놓았는지."

"제가 알겠습니까요. 저는 자고 있었는뎁쇼. 헤헤."

겉으로는 헤헤헤 웃고 있지만 좁쌀은 속이 좋지 않았다. 영 찝찝하고 개운치 못했다.

최강이는 저들과 같은 방을 쓰는 수용자 둘을 데려다가 사건 경위를 조사했다. 그들은 좁쌀이 잠꼬대로 돈이 어쩌고, 캐리어가 어쩌고 하는 말을 내뱉자마자 어금니가 좁쌀 주둥이를 때렸다는 것이다.

"돈? 캐리어?"

최강이는 이게 어금니가 출소 후 또 다른 범죄를 계획하는 건 줄로만 알았다. 돈을 받아내기 위해 캐리어에 사람을 감금한다? 돈을 벌기 위해 캐리어를 강매한다? 캐리어로 사람을 때리면서 돈을 뜯어낸다?

더 파고 싶었지만, 더 이상은 최강이의 영역이 아니었다. 그것은 경찰이나 검찰의 영역이었고, 지금 최강이가 파본다 한들 어금니의 마음을 투시할 수 있는 것도 아니었기에 불가능했다. 어금니는 아직 아무 짓도 저지르지 않았다.

그런데 좁쌀과 어금니가 놓친 게 하나 있었다. 바로 오용수였다. 오용수는 김대식 사건으로 한창 예민할 때라 순찰 횟수를 규정보다 대폭 늘렸다. 40분마다 한 바퀴 돌면 되는 것을 20분마다 돌았다. 신발에는 덧신을 신어서 자신의 발소리가 들리지 않게 했다. 수용자끼리 무슨 작당을 하는지, 혹시 누가 자살 시도를 하는지 잡아내기 위해서였다.

그러던 어느 날 오용수는 몰래 엿듣고 말았다. 4방 사람들이 접견과 운동을 나가고 어금니만 남아 있던 날, 어금니가 뭐라고 씨부렁거리며 툴툴대는 소리를. 김대식…… 캐리어…… 돈…… 영치창고……. 오용수가 위기에 처했던 기봉규를 구해줬던 건 괜히 그런 게 아니었던 것이다. 기봉규를 살려야 할 이유가 오용수에겐 있었던 것이다.

기봉규를 도와야 할 사람은 또 한 사람 있었다. 허태구였다. 그러나 허태구는 최강이와 혼자만의 연애 감정에 빠져 돈에 대해서는 신경도 쓰지 않았다. 물론 기봉규가 "넌 신경 안 써도 돼. 빼돌리는 것도 내가 할 거고, 걸리면 책임도 나 혼자 질 거야. 넌 입만 꾹 다물고 있으면 돼"라고 배려했기 때문이기도 했다. 그럴 수밖에 없지 않은가. 허태구와 함께 뭘 하겠는가. 가만히 있어주는 게 돕는 거지.

그런데 이 허태구라는 인간이 돕기는커녕 사고 두 건을 동시에 치고 말았다. 최강이 준답시고 꽃다발을 사서 출근을 해버린 것이다. 당연히 정문에서 교도관들이 허태구를 일단 정지시켰다.

"허 교사, 그게 뭔가?"

"꽃다발이지 뭡니까."

"그걸 왜 들고 들어오는가. 안에 뭐 수상한 거라도 숨긴 거 아냐? 대체 누구 주려고 들고 들어오는 거야?"

순간 말문이 막힌 허태구. 떠오르는 이름은 한 사람밖에 없었다.

"기봉규 주려고……."

하하하! 하하하하! 허태구 덕에 삭막한 교도소 정문에도 예쁜 웃음꽃이 활짝 피었다.

"너 최강이 계장 주려고 그러는 거 아냐? 정신 차려, 이 친구야! 올려다볼 나무를 올려다봐."

정문 교도관들은 장난삼아 더 크게 웃으며 허태구를 약 올리고 있었는데, 마침 부근을 지나가던 보안과장과, 보안과장을 수행하던 박 계장이 이 민망한 꼴을 보고 말았다. 박 계장은 이 민망한 광경 앞에서 보안과장에게 너무나 황송하고 죄송스러웠다. 자기가 잘못한 게 없는데도 박 계장은 윗사람 앞에서 늘 죄의식을 느끼며 살았다.

보안과장이 불쾌한 듯 어흠 헛기침을 두어 번 했고, 그날로 정문에서 검문이 대폭 강화됐다. 기봉규가 돈다발을 팬티에 숨겨서 퇴근해야 했던 이유다. 팬티 부분이 늘 불룩한 기봉규가 여자 교도관들에게 변태로 찍힌 것은 순전히 허태구 덕분이었다.

굿이 한창이었다. 남색 쾌자에 고깔을 쓴 무당이 장구 장단에 맞춰 괴기스러운 춤판을 벌이고 있었다. 그 앞에는 떡이다 고기다 뭐다 하는 음식들이 즐비하게 놓여 있었다. 지미라가 대표로 놋바리 두 개를 얻어 듬뿍 쌀을 담은 후 정갈하게 흰 종이를 깔고 굿상 위에 올려놓았다.

열이 펄펄 오른 무당은 한참 북이며 꽹과리 소리에 장단을 맞춰 신명나게 한판 굿판을 벌이더니 "쉬이-" 소름끼치는 소리를 내며 주변을 집중시켰다. 지범수가 눈치 없이 떠들었기 때문이다. 지미라는 무릎을 꿇고 앉아 죄 지은 사람처럼 두 손을 싹싹 빌며 치성을 올리고 있었고, 기봉규도 지미라 눈치를 살피며 설렁설렁 따라 하고 있었다.

무당은 난데없이 꺼이꺼이 통곡을 하더니 기봉규를 덥석 껴안았다.

"못난 애비 탓에 고생이 많았구나."

무당을 반신반의하던 기봉규였지만, 무당이 그의 약한 곳을 제대로 건드렸다. 기봉규의 눈에서 의심이 걷히고 금세 눈물이 그렁그렁했다.

한참을 더 굿판을 벌이며 접신을 하던 무당은 갑자기 "쉬이–" 소리를 내며 허공을 향해 뚫어지게 쳐다봤다. 거기 뭐라도 있다는 듯이. 이걸 보던 기봉규 등등은 소름이 확 끼쳤다.

"뭐가 보이세요?"

"담벼락이 보여!"

그 말에 북과 꽹과리 소리가 뚝 그쳤다.

"커다란 네모가 보인다아!"

"그 안에 뭐가 들었을까아?"

모두들 침을 꼴깍 삼켰다. 지미라의 말대로 과연 무지막지하게 신통한 무당인 듯싶었다. 무당이 콕 집어 말한 건 아니지만, 담벼락은 교도소로, 커다란 네모는 캐리어로 해석될 수 있었기 때문이다.

"어떻게 핵심 키워드가 빠짐없이 보일 수가 있지."

지미라는 감탄하며 더 정성스레 치성을 올렸다.

무당은 다시 한번 북소리에 장단 맞춰 얼쑤 굿판을 키우며 괴괴하게 춤추기 시작했다. 지미라는 손바닥이 뜨거워지도록 비비는 속도를 올리며 더욱 더 정성껏 치성을 드렸다.

"쉬이–"

그러자 침을 꼴깍 삼키며 감히 찍소리도 못하는 기봉규, 지미라, 지범수 그리고 차수미.

"그 주인은 네놈이 아냐!"

무당은 지범수를 부채로 가리키며 노려봤다. 지범수는 놀라 고개를 도리도리 흔들었다.

"아악! 무서워!"

차수미가 그 분위기에 질려 비명을 질렀고, 그 비명에 놀란 지범수가 애기보살 앞에 다 실토해버렸다.

"맞아요, 맞아! 죄송해요. 정말 미안해요. 하지만 그 캐리어 안에 들어 있던 9억 원은 이제 주인이 없어요. 됐죠? 그 주인은 죽어버렸단 말이에요! 내가 죽인 게 아니잖아요!"

주변이 찬물을 끼얹은 듯 조용해졌다. 북을 치던 사내도, 꽹과리를 치던 소년도 뚝 그쳤다.

"얘가 지금 무슨 말을 하는 거야. 너 신내림 왔어? 무슨 헛소리야!"

지미라가 지범수의 옆구리를 아프도록 쿡쿡 찔러댔다.

"어쨌든 그거 귀신 들린 돈은 아니라는 거죠?"

기봉규가 눈치를 슬슬 살피며 물었다.

"아닌가 보네. 하하! 참 다행이야. 하하!"

차수미가 분위기를 바꿔보려 했고, 지미라가 얼른 굿값을 지갑에서 꺼냈다. 그러고는 후다닥 일어나서 점집을 나가려는 네 사람.

"잠깐!"

무당이 넷을 불러 세웠다.

얼어붙은 듯 그 자리에 딱 멈춰 달달달 떠는 네 사람.

"네?"

"이 사실을 아는 사람 너희 넷이 전부야?"

"아뇨, 이상한 사람 한 명 더 있는데요. 그 사람한테 들러붙은 여자 귀신까지 합하면 둘이 더 있는 셈이고요."

기봉규는 허태구를 떠올리며 말했다.

"이제 세 사람 더 있는 거야."

무당이 히죽거리며 머릿속으로 계산기를 두들겼다.

"누구요? 누가 또 아는데요?"

아는 사람이 더 있다는 말에 기봉규가 무당이고 뭐고 화를 버럭 내며 물었다.

"나, 북채잡이, 꽹과리 보이."

기봉규와 지미라는 미쳐버릴 것 같아 머리를 쥐어뜯었다. 굿판 위에 세워둔 초에서 촛농이 천천히 떨어지고 있었다. 기봉규는 뜨거운 촛농이 눈알에 들어가기라도 한 듯 실성한 사람처럼 괴성을 꽥꽥 질렀다.

그러든가 말든가, 무당은 인정사정 봐주지 않고 바로 핵심만 말했다.

"굿값이 그걸로 되겠어? 9억을 N분의 1로 나눠야지. 굿값에

다가 비밀을 지켜주는 대가치곤 싼 가격 아냐?"

무당의 말에 장단을 맞추듯 북소리와 꽹과리 소리가 여느 때보다 훨씬 신명 나게 둥둥둥 깨갱깽깽 둥둥둥둥 깽깽깽 울렸다. 이렇게 해서 기봉규, 지미라, 지범수, 차수미, 허태구에 무당, 북채잡이, 꽹과리 소년까지 추가됐다. 총 8명. 무당이 말하는 그 N분의 1을 하면 한 사람당 1억 원이 조금 넘게 돌아가는 게 고작이었다.

마음이 심란해 집에 들어가지 못하고 근처 중학교 운동장 계단에 걸터앉은 기봉규. 봉규가 마시고 내팽개친 빈 소주병들이 바람에 밀려 뒹굴고 있었다. 혼자서 안주도 없이 순식간에 네 병이나 마셨다. 소주랑 같이 사온 담배 한 갑이 벌써 휑하다.

"별똥이 뭔 땅에 떨어져서 반짝인담."

딸꾹거리며 구시렁거린 봉규는 아직 담뱃불이 안 꺼진 꽁초들을 보며 신기해했다. 아이들이 빠져나간 운동장은 어둠에 잠긴 사막 같았다. 봉규는 적막한 사막에 불시착한 조종사처럼 앞으로의 일이 막막했다. 한숨을 쉬며 밤하늘을 올려다보는데 오늘따라 별들이 담뱃불처럼 총총 빛났다. 내려다보는 하느님도 갑갑해서 담배를 뻐끔 피우시나 보다.

뜨거운 바람이 한바탕 불자 운동장에 모래바람이 일어나 기봉규를 덮쳤다. 기봉규는 아무도 없는 운동장 구석에서 실컷 목 놓아 울고 싶었다.

"이러다가는 N분의 1에서 분모 N이 무한대가 되겠군. 이런 식으로 몇 달만 지나면 수두룩한 인간들에게 500원짜리 동전 하나씩 나눠줘야 할지 몰라."

기봉규는 탄식을 했다. 너무 시간을 오래 끌었다 싶었다. 내일이면 기필코 마지막 돈뭉치를 가져올 생각이었다. 그리고 죽이 되든 밥이 되든 그 돈을 써버리기로 했다. 언제가 되어야 비로소 안전한 시점인지는 어차피 알지 못하지 않은가. 그 시점을 기다리다가는 돈이 씨가 마를 것 같았다.

하지만 기봉규는 오용수와 어금니, 좁쌀, 그리고 그 너머 미지의 존재들까지는 계산에 넣지 않았다. 그 인간들이 진작 이 음모를 눈치채고 있다는 걸 기봉규가 아직 눈치채지 못했으니까.

그날 밤, 빌라 우편함에는 지범수 앞으로 온 카드 결제 독촉장들이 여러 통 있었다. 그날 차수미가 입은 옷과 걸친 핸드백도 비싸 보이는 것이었다. 평생 가난에 짓눌려 살아온 지미라도 얼른 사모님 행세를 하고 싶어 하는 눈치다. 그 모든 허영이 기봉규를 짓눌렀다.

"뭐? 못난 애비 탓에 고생이 많았구나? 젠장맞을! 무당 주제에 뭘 안다고."

기봉규는 침대에 돌아누워 낮에 무당과 있었던 일을 떠올렸다. 무당은 난데없이 꺼이꺼이 통곡을 하면서 기봉규를 덥석 껴안지 않았던가. 언제는 움찔 놀라 지미라와 함께 치성을 드려놓고는 이제 와서는 애써 부정하고 비웃었다.

문득 옛날 생각에 빠진 기봉규. 무거운 머리통 탓에 움푹 들어간 베개가 코를 막았다. 숨이 막힐 것 같았다.

시신은 마을 초입에 보란 듯이 놓여 있었다. 웬만한 살인자라면 야산 길섶 같은 데 숨기고 잡풀로 덮는 시늉이라도 했을 텐데, 이놈은 광고라도 하듯 뻔뻔했던 것이다.

경찰이 시신을 덮은 지푸라기를 들추자 길고 창백한 여인의 얼굴이 나타났다. 아리따운 얼굴에 표정이 평온한 데다 두 눈이 자연스레 감겨 있어 원대로 자살을 한 게 아닌가 싶을 정도였다. 그러나 뒤이어 드러난 상처를 봐서는 틀림없는 타살이었다. 범인의 흉포함이 남긴 깊은 자상과 거친 찰상의 흔적이 얼굴을 뺀 온몸에 시커먼 핏자국을 남겼다.

무궁화 두 개짜리 수사과장은 원님처럼 나타나 기봉규의 아버지를 앞으로 불러내 뺨부터 때렸다.

"동네에 난리가 나면 늘 사고 치는 놈만 조지면 되지. 나는 퇴직할 날도 얼마 안 남았는데 조용히 좀 살자."

수사과장은 딱 그 정도 수준에서 생각하고 수사하는 사람이었고, 그 수준에서 생각할 수 있는 가장 만만한 혐의자가 기봉규의 아버지였다. 전과자였고 범수도 많았다. 사기 전과로 출소한 지 얼마 되지 않았고, 동네 사람들로부터 지탄을 받아 편들어줄 이도 없었다. 마땅한 직장도 재산도 없는 전과자는 동네에서 가장 만만해 보였다.

봉규 아버지는 놀라 균형을 잃고 자빠졌다가 대뜸 일어나 수사과장에게 삿대질을 하며 대들었다. 그러다가 뺨을 한 대 더 얻어맞자 분에 못 이겨 수사과장 얼굴에 침을 퉤 뱉었다. 순경들이 씩씩거리며 들러붙어 그를 패대기쳤다. 봉규 아버지가 어구구구 땅바닥에 쓰러지자 수사과장은 되돌려주듯 얼굴에 퉤 침을 뱉었다. 족구 잘하기로 유명한 수사계장이 봉규 아버지를 연신 발로 찼고, 봉규 아버지가 일어서려고 할 때마다 순경들이 경찰봉으로 구타했다.

"봉규야, 아버지 순사들이랑 두더지 놀이 한다. 튀어나오면 망치로 때리는 거 너도 알지?"

다섯 살 난 봉규는 정말 그런 줄로만 알았다. 경찰은 착한 편이니까. 하지만 그 기억은 내내 봉규를 떠나지 않았고, 아직도 아버지가 피 흘리는 두더지가 된 채 나타나는 악몽을 더러 꾼다.

봉규 어머니는 진작 집을 나갔다. 봉규 아버지는 고모할머니

손에 맡겨진 아들을 어떻게든 먹여 살려야 했다. 하지만 전과자라는 딱지 때문에 할 수 있는 일이라고는 또 범죄를 저지르는 것밖에 없었다. 그렇게 죄를 지은 대가로 받은 돈푼을 봉규 고모할머니에게 쥐어주고는 구속되고, 출소하여 또 죄를 짓는 것을 반복하였던 것이다. 기봉규는 고모할머니 구박 속에 자라며 따뜻한 밥 한 번 얻어먹기 힘들었다.

어린 봉규가 무릎이 닳도록 마루를 닦았지만 논일 하다 들어온 친척들 탓에 대청마루는 늘 먼지로 더럽혀졌다. 숨어 사는 길고양이는 봉규가 닦아놓은 마루에 끊임없이 흙을 묻혔고 털을 날렸다. 고모할머니의 손자가 고양이 털 탓에 에취 재채기라도 하는 날에는 커다란 손이 봉규의 뒤통수를 가격했다.

배고픈 봉규는 더럽고 흠집 난 프라이팬에 싸구려 마가린을 바르고 맨밥을 볶아 신김치를 얹어 먹었다. 그때마다 고양이는 야옹 하며 새끼들을 데리고 나타났다. 봉규는 고양이들에게 몇 숟가락씩 떠먹여주었다.

아버지는 가끔씩, 정말 아주 가끔씩 봉규를 찾아왔다. 그럴 때마다 아버지가 구해온 돈은 고모할머니의 주머니로 들어갔다. 봉규가 따로 받은 용돈도 그랬다.

"봉규야, 아부지 땅 있는 거 알지?"

"네."

"아부지 친구가 읍내 세무서 계장이야. 아주 높은 사람이지."

"그게 뭔데요?"

"아무튼 아주 높아. 파출소 경찰들도 꼼짝 못해."

그래서 아버지가 경찰들과 두더지 놀이를 종종 하는구나 싶었다.

"봉규야, 그 친구한테 싸게 넘겨받은 국유지가 있어. 넌 어려서 무슨 말인지 모르겠지. 아무튼 아부지한테 땅이 있으니까 조금만 참으면 우리도 떵떵거리고 살 수 있을 게야."

봉규 아버지의 친구는 국유지 매각을 담당한 징세계장이었다. 그는 국유재산에 관한 사무에 종사하는 직원은 그 재산을 취득하지 못한다는, 국유재산법 제14조를 피하기 위해 봉규 아버지를 이용했다. 봉규 아버지에게 국유지를 싸게 넘기고, 구실을 붙여 도로 빼앗아올 생각이었다. 그러나 그는 얼마 후 한껏 접대를 받고 비틀거리며 귀가하다가 차에 치여 숨졌다.

"우리, 조금만 참자."

"……."

교도소를 몇 번 들락거린 봉규 아버지도 마음을 다잡고 새로 시작해보려 했었다. 리어카에 엿판을 가득 싣고서, 어디서 얻어왔는지 커다란 가위도 왼손에 잡았다. 영락없는 엿장수였다. 봉규는 아버지를 따라다녔다. 서툰 엿장수 봉규 아버지는 가위

질의 박자도 제대로 못 맞췄다. 봉규는 동네 친구들 앞에서 아버지가 부끄러웠다.

"너희들, 우리 봉규 친구들이구나. 옛다, 엿 한 주먹씩 가져가거라."

봉규 아버지는 서툰 가위질만큼이나 장사도 못했다. 봉규 친구들한테 공짜로 퍼주고, 먼 친척이라고 외상으로 주고 돈 못 받기 일쑤였다. 그래도 그건 괜찮았다. 봉규 아버지가 엿을 가득 실어 리어카를 끌고 나갈 때마다 비가 내린 것에 비하면.

안 되겠다 싶은 봉규 아버지는 제대로 된 일자리를 구하려고 했다. 그러나 전과를 이유로 번번이 거절당했다. 결국 봉규 아버지는 강원도 탄광촌으로 갔다. 봉규는 또다시 혼자 남겨졌다.

갑방 근무시간은 아침 8시부터 오후 4시까지라서 가장 인기가 좋았다. 그러나 봉규 아버지는 을방도 아닌 병방에 배정됐다. 밤 12시부터 아침 8시까지 갱도를 파야 했다.

땡땡땡. 세 번 울리는 타종 소리는 입갱 신호였다. 처음 갱도로 들어가던 날, 다른 광부들과 인차에 탄 봉규 아버지는 이가 덜덜 떨렸다. 레일 맞은편에서는 탄을 실은 시커먼 광차가 달려오고 있었다.

땅 위에서 일을 구할 수 없는 자는 땅 밑으로 기어들어가야 했다. 봉규 아버지 같은 풋내기 광부는 사키야마를 보조하는 아다무키였다. 광업소 대졸 직원들은 굳이 '선산부'로 표현하는 사키야마는 톱도끼를 들고 채탄과 굴진의 선두에서 작업하는 숙련공이었다. 후산부인 아다무키는 선산부 뒤를 따라다니며 보조하는 미숙련공이었다.

땅 위에서 그렇듯 땅속에서도 선산부와 후산부로 계급이 나뉘었다. 이제 갓 서른이 되었을까, 선산부는 항상 봉규 아버지 앞에서 목에 힘을 주고 반말로 버럭 고함을 질러대곤 했다. 봉규 아버지 나이 마흔 중반 때의 일이다.

쿨럭쿨럭 토하듯 기침을 할 때마다 탄재가 검은 안개처럼 자욱해졌다.

"저래서 어디 써먹겠어."

어린 선산부는 봉규 아버지를 구박하고는 친한 주임에게 말해 노보리로 보내버렸다. 채탄부가 낮고 경사가 져서 위로 기어 올라가며 탄을 캐야 하는, 그야말로 막장 갱도를 일본어로 노보리라고 한다. 일반 갱도도 감당키 힘든 미숙련공이 노보리에서 오르막길을 질질 기어 올라가며 탄을 캐는 건 애초에 불가능했다. 봉규 아버지는 자주 시커먼 기침을 해댔고, 그때마다 일어난 탄재 탓에 다른 노보리 광부들의 미움을 받았다.

"어이, 막내 아재! 이리 와봐. 가스 점검이나 하자구."

휴식시간이었다. 중년쯤 돼 보이는 광부 여럿이 모여 앉아 봉규 아버지를 손짓으로 불렀다.

"가스 점검요? 그런 건 어떻게 하죠?"

봉규 아버지는 정말 그런 업무가 있는 줄 알고 그 방법을 수첩에 적으려 했다. 그러자 다들 와하하 웃어젖히며 봉규 아버지에게 담배를 권했다.

"갱도에는 가스가 잘 차. 원래 담배 피우면 위험해서 절대 안 되지. 하지만 우리가 담배를 피워서 가스가 있나 없나 점검을 해볼 수 있는 게지."

사람 좋아 보이는 광부가 봉규 아버지에게 싸구려 담배 한 개비를 권하며 씩 웃었다. 치아 빼고는 다 검게 보였다.

뭣도 모르는 봉규 아버지는 그 담배를 받아 맛 좋게 피우기 시작했다. 반쯤 피웠을 때였을까, 아무도 안 피우고 혼자서만 담배를 피운다는 걸 깨달았다.

"왜 저만 피우죠?"

봉규 아버지가 묻자 사람 좋아 보이는 광부가 손짓을 하며 주임을 불렀다. 광부들과 달리 하얀 헬멧을 쓴 관리자가 가까이 오더니 봉규 아버지의 뒤통수를 후려쳤다.

"주임님, 여기 신참이 가스 점검을 하네요."

사람 좋아 보이는 광부가 킥킥거렸다. 그렇게 봉규 아버지는 광산에서 한 달도 못 채우고 해고당했다.

그래도 그때는 해고만 당했으니 다행이랄까. 다음 일자리는 바다였다. 땅에서 일을 구할 수 없는 자는 바다에서 구해야 한다. 바다로 간 봉규 아버지는 새로 직장을 구했다고 아들에게 편지를 썼다. 밥 잘 먹고 고모할머니 말씀 잘 듣고 공부 열심히 하라며.

"할 수 있겠어? 그 나이에……."

갑판장은 영 마뜩잖은 눈빛으로 봉규 아버지를 한심스레 쳐다봤다.

"기껏해야 기름 나르는 건데 그것도 못 하겠어!"

선장이 나타나면서 봉규 아버지를 두둔했다. 봉규 아버지는 폐유처리선을 탔다. 항만에 들어오는 배는 탱크에 몇 톤 정도 기름을 남기게 되는데, 새 기름을 넣기 위해 폐유를 빼내는 작업을 하는 게 폐유처리선이었다. 폐유를 꽉 채운 기름을 드럼통에 싣고 굴리면 그만인 일이다. 거대한 항만에는 배가 끝도 없이 들어왔고 그때마다 정신없이 움직여야 했다. 몸은 고되지만 광부보다는 나아 보였다.

월급도 때 되면 재깍재깍 들어왔고, 무슨 돈인지는 몰라도 월급 말고 가외로 돈푼을 쥐어줄 때도 있었다. 선장이 몰래 불러 담뱃값이나 하라며 몇 만 원 찔러주면 봉규 아버지는 황송해서 연신 허리를 구부렸다. 난생처음 인정받는 기분이었고, 어딘가에 소속되는 것 같았다. 그래서 선장에게 충성을 다하고, 자기보다 어린 선배들도 깍듯이 모시리라 다짐했다.

하루는 선장이 봉규 아버지를 불렀다.

"저 드럼통들 보이지? 총 다섯 통이야. 저거 내가 일러주는 주유소에 갖다주고 와."

그러면서 선장은 봉규 아버지에게 5만 원을 찔러주었다. 다른 선원들은 못 본 척 허공을 바라보며 담배를 물었다. 봉규 아버지는 그저 심부름이겠거니 하고는 시키는 대로 했다.

"기름 배달 왔습니다."

그러나 주유소에 도착하자마자 잠복해 있던 형사들이 덮쳤다. 폐유를 가공한 기름을 주유소에서 판매한다는 제보가 벌써 여러 건 있었다.

선장은 큰 배들의 폐유뿐만 아니라 몰래 빼돌린 항공유도 취급했다. 휘발성이 강한 항공유에 벙커씨유를 섞으면 경유가 된다는 것쯤은 업계 사람들은 다 알고 있었다. 이번에 선장이 봉규 아버지에게 맡긴 기름은 그렇게 만들어진 경유였다. 선장과 거래하는 주유소에 봉규 아버지가 배달을 가게 된 것이다. 원래 배달은 선원들이 순번대로 돌아가며 하지만, 봉규 아버지가 오고부터는 몽땅 봉규 아버지에게 맡기기로 했다. 대가는 5만 원이었다. 나머지는 선장이 대부분 갖고, 남은 걸 선원들이 골고

루 나눴다. 그래도 봉규 아버지보다는 훨씬 많이 챙겼다.

경찰에 체포된 봉규 아버지는 그저 심부름만 했다고, 그런 기름인 줄 몰랐다고, 자신은 기름에 대해서는 아무것도 모른다고 하소연했다. 그러나 신원조회를 해보니 전과가 몇 건 있었다. 경찰은 봉규 아버지의 말을 전혀 믿어주지 않았다. 일정한 주거가 없고, 증거를 인멸할 염려가 있으며, 도주할 우려까지 있다고 보았으므로 봉규 아버지는 바로 구속됐다.

봉규 아버지는 구속영장실질심사를 받는 자리에서 영장 판사에게 억울함을 호소했지만, 판사는 "개전(改悛)의 정(情)이 현저하지 아니하여 구속하지 아니할 사유가 있다고 보기 어려운바, 이에 검찰 측의 요청대로 구속영장을 발부한다"라고, 도무지 알아들을 수 없는 말을 늘어놓았다. 저 말을 이해하기보다는 차라리 감방에 가는 게 속 편할 듯싶었다. 어차피 한두 번 가보는 것도 아니지 않은가.

그 아버지와는 여러 해 전, 완전히 인연을 끊었다. 어느 때부터 오래도록 연락도 닿지 않는 아버지였지만, 그 빚쟁이들은 어떻게 알고 자꾸만 기봉규를 찾아왔다. 기봉규는 어차피 다시 볼 일도 없고 연락도 되지 않는 아버지를 실종 신고해버렸다. 어디서 죽었나 보다 체념했다. 그리고 5년이 지난 후 아버지는 법적으로 사망으로 처리됐다. 기봉규는 상속 거부를 해버림으로써

비로소 채무에서 벗어날 수 있었다. 어차피 물려받을 건 빚밖에 없었다.

만약 이렇게 큰돈을 거머쥐게 될 줄 알았더라면 아버지를 버리지 않아도 됐을 텐데……. 어쩌면 모시고 살 수도 있었을 텐데……. 몸을 뒤척이는 기봉규. 움푹 들어간 베개가 축축하게 젖기 시작했다.

김이 모락모락 피어나는 밥그릇 옆에는 고기를 듬뿍 썰어 넣은 소고깃국이 놓여 있었다. 고사리나물 옆에는 잘 구운 조기 토막도 있었다. 봉규는 불고기와 조기 중에서 어디로 먼저 젓가락을 뻗을까 고민하다가 좋아하는 콩나물 무침을 발견했다. 그 옆에 참기름까지 두르고 들들 볶은 멸치볶음은 상태로 보아 방금 막 해서 내온 듯했다.

"얼마 만이냐. 이런 진수성찬을 다 먹어보고."

기봉규는 감탄을 하며 간밤의 울적한 속을 소고깃국으로 씻어냈다. 지미라는 숭늉까지 내어오며 기봉규의 어깨를 토닥거렸다.

"잘해. 오늘이 마지막이야. 절대 걸리면 안 돼."

이 말 탓인지 기봉규는 괜히 불안해졌다. 여태까지는 어떻게든 돈을 빼돌렸지만, 마지막 날인 오늘은 꼭 무슨 일이 벌어질 것만 같은 예감이 들었다. 게다가 안 좋은 예감은 항상 맞는다는 속설까지 떠올리자 더 불안해졌다.

이날 기봉규는 일찍 퇴근하려고 조퇴를 신청했다. 돈을 빼돌리는 날은 언제나 조퇴를 썼다. 퇴근시간에는 교도관들이 한꺼번에 정문에 몰리는 바람에 자칫 위험해질 수도 있고, 성질 더러운 박 계장과 마주칠 확률도 높았기 때문이다. 영치창고를 허태구 혼자한테만 맡겨두는 게 영 불안했지만, 일보다는 돈이었다.

그런데 바로 전날, 허태구가 또 엉뚱한 사고를 쳐버렸다. 최강이와 우연히 맞닥뜨린 허태구. 100미터 밖에서 최강이가 혼자 걸어오고 있었는데, 허태구는 멀리서도 최강이를 알아봤다.

"코뿔소는 멀리 있어도 알아볼 수 있는 법이지."

도무지 사리에 맞지 않는 비유를 갖다 붙이며 쿵쾅거리는 심장을 부여잡고는 점점 최강이 쪽으로 다가갔다.

"안녕하세요?"

최강이가 상냥하게 웃으며 인사하자 허태구는 그 자리에서 얼어붙을 것만 같았다. 최강이가 호- 호- 따뜻하게 김을 불어줘야 녹을 수 있을 것 같았다.

"왜 그러세요?"

뻣뻣하게 굳은 채 최강이를 빤히 쳐다보는 허태구. 최강이가 또 활짝 웃으며 물었다.

"아, 아, 아닙니다. 잘못했습니다."

대체 뭘 잘못했다는 건지, 당황한 허태구는 그냥 나오는 대로 찍찍 내뱉었다. 최강이는 그게 헛소리인 줄 알면서도 놓치지 않고 허태구를 떠보기로 했다. 얼마 전부터 영 수상한 게 한둘이 아니었으니까.

"뭘 잘못했다는 거죠?"

"아, 아닙니다. 그냥 잘못했습니다. 이만 가보겠습니다. 죄송합니다."

그냥 도망치려는 허태구. 그런데 최강이가 그의 옷깃을 휙 잡았다. 여자의 부드러운 손길이 느껴지자 허태구는 그대로 녹아버렸다. 실성을 했는지 어디가 순간적으로 고장이 났는지 아무렇게나 나오는 대로 마구 떠들어댔다.

"정말 죄송합니다. 저는 욕심이 없습니다. 저는 정직합니다. 이제라도 손 털겠습니다."

마음 여린 허태구는 최강이 앞에서 도저히 거짓말을 할 수가 없었다. 하긴, 모기에 물렸다고 절뚝거리는 인간이 버티면 얼마나 버텨내겠는가.

"대체 그게 무슨 말인가요?"

최강이는 의심이 더 깊어져 더 파고들었다. 뭔가 있는 게 분명했다. 그리고 그 일은 교도소와 관련된 것일 듯했다.

만약 허태구가 한마디만 더 했다면 모든 계획이 물거품이 됐을 것이다. 그러나 영치창고에서 기다려도 허태구가 오지 않아 찾으러 나섰던 기봉규가 이 광경을 보고 기겁하고는 허태구의 뒤통수를 한 대 탁 때리며 나타났다.

"너 여기서 대체 뭐 하는 거야! 지금 일이 얼마나 바쁜데! 최 계장님, 저희 먼저 가보겠습니다. 이놈이 오늘 일을 게을리해서 그게 죄송하다는 말인가 봅니다. 그게 왜 최 계장님한테 죄송하다는 건지는 이놈만이 알겠지만."

기봉규는 허태구를 질질 끌고 영치창고로 갔다. 정말 식겁할 노릇이었다. 하마터면 모든 걸 불어버릴 뻔하지 않았던가.

"태구야."

기봉규는 분노와 분통, 울분과 불안을 애써 가라앉히며 나지막한 목소리로 물었다. 너무 멀리 와버린 것이다. 이제 태구를 달래가며 함께 쭉 나아가는 수밖에 없었다.

봉규가 무서워 훌쩍거리던 태구는 고개를 들지 못했다. 뒷덜미에 모기라도 깨물린 듯 태구는 고개를 축 늘어트렸다.

"너 내가 돈 빼돌린다고 얼마나 고생했는지 알지? 오늘이 마지막 날이야. 마지막으로 한 번만 더 하면 된다고. 근데 네가 최강이한테 고자질을 해? 문제 생기면 내가 혼자 뒤집어쓴다고 했지? 네가 할 일은 입 다물고 가만히 있다가 굿이나 보고 떡이나 얻어먹는 거라고. 그 간단한 것도 제대로 기억 못 해?"

굿이라는 말에 허태구가 얼굴이 허옇게 질렸다. 그 얼굴 허연 여자 귀신이 떠올랐던 것이다.

"미안해, 봉규야. 다시는 안 그럴게. 최강이 얼굴 보니까 순간 회까닥했나 봐. 최강이한테는 도저히 거짓말 못 하겠거든."

기봉규는 더 이상 참을 수 없어 소리를 버럭 질렀다.

"넌 정말 어떻게 된 인간이냐! 이제 와서 그런 말을 하면 어떻게 해. 누가 언제 너보고 거짓말하래? 그냥 아무 말도 하지 말라는 거잖아. 입만 다물고 있으면 되는데, 그게 그렇게 어려워?"

그러나 오늘따라 허태구는 겁을 실실 먹으면서도 물러서지 않았다.

"봉규야, 굿한 건 어떻게 됐어? 나 아무래도 너무 불안해. 그 돈, 정말 원혼이 깃든 돈 아닐까? 나 귀신까지 봤잖아. 그날 이후로 계속 악몽을 꿔."

"원혼이 깃든 돈이라면 할아버지 귀신이 나타나야지, 왜 여자 귀신이 나타나겠어. 그 돈 주인은 할아버지였는데."

기봉규가 답답한 친구를 일깨워주려 했지만 오늘따라 약간 똑똑해진 허태구가 즉시 반박했다.

"그 돈 주인이 원래 젊은 여자였을 수도 있지. 그 할아버지가 빼앗은 것일 수도 있고…….”

기봉규는 대체 언제까지 이 인간을 상대해야 하나 싶어 제 가슴을 여러 차례 탕탕 치고는 그냥 말을 돌리는 게 나을 듯싶었다.

“헛소리 그만! 그나저나 이제 정문에서 짐 검사 안 하지? 고맙다, 새끼야. 너 때문에 팬티가 다 늘어나서 통풍이 잘된다.”

“정문 교도관들 그새 해이해졌어. 걱정 마.”

이 대답을 들은 기봉규는 귀를 의심했다. 허태구의 목소리가 아니었기 때문이다. 어디선가 많이 들어본 듯한 느글느글한 목소리와 불쾌한 반말, 바로 오용수의 목소리였다. 둘은 기겁하고 뒤를 돌아봤다. 오용수가 영치창고 안에 들어와서 히죽 웃으며 서 있었다.

굳은 얼굴에 스치는 서늘한 바람 한 줄기가 땀을 식혔다. 두 사람은 그대로 얼어붙은 듯 대치하여 노려보고 있었다. 마치 뭔가에 홀린 듯, 못으로 땅바닥에 박힌 듯 두 사람은 꼼짝도 하지 않았다. 시간이 멈추고 공간이 좁아진 사이로 틈입하는 몇 방울의 땀만이 구불구불한 동선을 그리고 있었다. 봉규는 팬티 속에 숨겨둔 돈다발을 만지작거리며 망설였다. 누가 보면 사타구니를 긁는 줄로 알았을 것이다. 허태구 앞에 나타났다는 그 원혼, 차수미를 닮았다는 그 원통한 여인이 허허로운 하늘에 그려졌다. 그때 한 사내가 다시 눈에 크게 들어왔다. 검게 탄 얼굴은 쭈글쭈글하고, 땀방울이 수로를 찾은 듯 주름살을 따라 흐르던 그 초로의 사내, 여기저기 계획성 없이 포탄 자국처럼 남겨진 곰보 자국, 야수처럼 헐떡이는 거친 숨소리, 봉규는 박 계장을 보았던 것이다.

"기봉규 교사, 드디어 다시 만났군. 우리 둘이서만 보는 건 오랜만이지? 됐네, 경례는 내가 미리 거부하겠네."

이제 중문만 빠져나가면 되는데. 중문만 나가서 50미터만 더 가면 정문인데. 그럼 모든 게 끝나는데. 여기서 박 계장이 사나운 문지기처럼 떡하니 서 있을 줄은 몰랐다.

"전엔 내가 오해를 했나 보더군. 오용수 주임이 자네가 숨기는 게 없었다고 거짓 보고를 할 리는 없을 테니까 말이야. 하지만 잠시 이리 와보실까."

막다른 골목이었다. 도망칠 수도 없었다. 저번처럼 도와주는 오용수도 없었다. 어떻게 한담. 기봉규는 수학 문제를 푸는 기분이었다. 풀 수 없는 문제를 앞에 둔 그 처참하고 절망적인 느낌. 수학 선생이 칠판 앞으로 기봉규를 호명할 때마다 배가 아픈 척했다. 그러고는 급히 화장실로 도망쳤다. 그러기를 두어 번 하면 수학 선생은 때리는 게 귀찮아서라도 기봉규를 그냥 놔두곤 했다. 기봉규는 그 삶의 지혜를 지금 다시 써먹을 생각이었다.

"어이쿠, 배 아파! 계장님, 죄송합니다. 갑자기 설사가 나오는 거 같아요. 금방이라도 똥을 쌀 것 같단 말이에요."

그러고는 냅다 달려서 중문에 지문을 찍었다.

"안 돼!"

지문 찍는 걸 막으려고 박 계장이 달려들었지만 기봉규가 한 발 빨랐다. 지문이 정상적으로 인식되자 중문이 열렸다. 기봉규는 정문을 향해 전속력으로 달렸고, 계장이 잡으러 쫓아왔다. 계장은 달리기를 잘했다. 팔도 길었다. 이제 조금만 더 팔을 뻗으면 기봉규의 뒷덜미를 잡을 것 같았다.

위기일발의 순간, 쿵! 하는 소리가 뒤에서 들리더니 웩! 하는 이상한 비명이 들렸다. 기봉규가 뒤를 돌아보니 늘 거슬리던 그 중문 옆의 기둥에 박 계장이 머리를 처박고 널브러져 있었다. 박 계장이 돌대가리가 아니었으면 계란처럼 으깨졌을 충격이었다. 저만치서 교도관들이 달려오는 게 보였다. 가뜩이나 혈압이 높던 박 계장은 머리를 세게 부딪쳐 인사불성이 된 채 졸도를 했다.

박 계장은 정신이 희미해져 말을 할 수 없는 상태인데도 다른 교도관들을 향해 눈짓으로 신호를 줬다. 그러고는 손가락으로 기봉규를 가리켰다. 이놈을 수색하라! 수상한 놈이다! 그러나 그 뜻을 알아들은 교도관은 아무도 없었다. 그냥 평소에 박 계장이 기봉규를 무척 아꼈고, 임종을 할 때 아들 손을 잡으려는 아버지처럼 기봉규를 향해 손을 뻗는 것처럼 보일 뿐이었다.

"계장님!"

기봉규는 절규하듯 비명을 지르며 박 계장이 뻗은 손을 덥석 잡았다. 곧이어 교도소에 늘 대기 중인 구급차가 도착했고, 박 계장은 뭐라 뭐라 웅알거리면서 끝내 기봉규에게서 눈을 떼지 못한 채 구급차에 실려갔다.

똑똑한 여자

교도소에는 사건 사고가 많고, 조사실은 처리해야 할 일이 많다. 오늘은 운동 시간에 수용자 간의 패싸움이 벌어졌다. 좁쌀을 필두로 한 쪽과 그 반대쪽이 운동장에서 제대로 붙었다.

그런데 놈들은 누가 봐도 최강이에게 대충 둘러대는 것처럼 보였다. 운동하다가 감정이 격해져서 싸웠다나, 예전에 여자 한 명을 두고 삼각관계여서 가담했다나, 아버지가 같은데 어머니가 달라 용서할 수 없었다나……. 아무튼 말도 안 되는 핑계들이 줄지어 나왔다.

"좁쌀……. 뭔가를 감추고 있어."

그들을 규정대로 처리한 후 최강이가 의미심장하게 혼자 중얼거렸다. 저번 잠꼬대 사건 이후로 쭉 지켜봐왔던 좁쌀이었다. 요즘 들어 사건 사고의 한가운데에는 항상 좁쌀이 있었다.

최강이의 생각이 옳았다. 그들은 어금니, 좁쌀과 같은 방을 쓰는 수용자들로부터 돈에 대한 소문을 들었고, 좁쌀에게 나눠달라고 요구하다가 시비가 붙은 것이었다. 조사방으로 전방 간 어금니가 비호해줄 수 없었기에 좁쌀은 무척이나 만만해 보였다. 물론 최강이에게 이런 얘기까지 한 수용자는 아무도 없었다.

기봉규도 모르는 새 이렇게 수용자들 사이에는 아직 확인되지 않은 거액에 대한 소문이 파다했다. 9억은 금세 30억, 50억, 100억이 되었다. 진작부터 그들은 난파된 보물선이라도 찾은 듯 아귀다툼을 벌이고 있었다. 만약 그들이 돈의 실체를 파악하고 기봉규를 향해 달려든다면 정말 500원씩밖에 안 돌아갈지도 모른다.

아직 실체가 전혀 확인되지 않은, 심증만으로 존재하는 돈이었다. 그러나 그들은 설사 갖지 못하더라도 못 먹는 감 찔러나 보자, 내가 못 먹으면 남도 못 먹게 하자는 심보로 돈에 달려들었던 것이다. 좁쌀이 대처를 잘했더라면 그 돈에 대한 탐욕이 전염병처럼 퍼지지는 않았을 것인데, 좁쌀이 과민 반응을 보인 탓에 약점을 제대로 잡혀버린 것이다.

계속 마음에 걸리는 게 있다면, 최강이의 경험상 누군가가 사건의 중심에 거듭 서 있다면 반드시 어떤 이유가 있다는 점이

다. 이번에도 좁쌀이 계속 마음에 걸렸다. 수상쩍은 허태구, 들어서는 안 되는 내용을 잠꼬대로 털어놨다고 좁쌀을 때렸던 어금니, 평소 기봉규를 싫어하면서 몸수색을 안 하고 그냥 놔줬던 오용수……. 그날 박 계장이 오용수에게 지시하고 3사동으로 뛰어갈 때, 최강이가 휙 뒤를 돌아보니 오용수는 기봉규를 얌전히 보내주고 있었던 것이다.

"수용자 영치품에 이상이 생겨서 정리 중입니다."

김대식 사망 건으로 화가 난 보안과장이 저녁에 순시를 돌던 비 오던 날, 허태구가 분명 보안과장에게 저렇게 말하는 걸 최강이가 우연히 들었었다. 최강이는 보안과장에게 급하게 결재받을 게 있었는데, 보안과장이 영치창고 쪽으로 갔다는 말을 듣고 그리로 갔다가 우연찮게 허태구의 말을 듣게 된 것이다.

"자네들이 영치품 담당이잖아! 문제가 생기면 몽땅 자네들 책임이니까 정리 똑바로 해놓고 퇴근하라고!"

보안과장이 역정을 내고 사라진 후 봉규는 태구의 멱살을 마구 흔들어댔다.

"그냥 내가 대충 둘러댈 텐데 왜 쓸데없는 소리를 한 거야? 보안과장이 눈치채면 어쩌려고! 너 정말 입조심해. 앞으로 이 얘기는 절대 입 밖에 꺼내지 마!"

그날은 대수롭지 않게 여기고 넘겼던 최강이였다. 태구의 실

수로 영치품 관리에 조그마한 실수가 생겼고, 그걸로 기봉규가 화를 낸 것쯤으로 여겼던 것이다. 하지만 이제 와서 퍼즐을 끼워 맞춰보니 그날 그 대화도 정말 이상한 점이 한둘이 아니었다.

"생각해보면 좁쌀이 아니라 기봉규 교사가 중심에 있단 말이야. 기봉규가 중심에 있어야 오용수와도 연결이 되고, 허태구랑도 연결이 돼. 기봉규가 좁쌀과 어금니와는 또 무슨 관계인지는 잘 모르겠지만. 과연 뭘까. 뭐, 궁금하면 본인한테 직접 물어보면 되지 뭐."

최강이는 복잡하게 생각할 것 없이 기봉규에게 바로 전화를 걸었다.

"기봉규 교사님이 사시는 동네로 갈 테니, 퇴근 후에 잠깐 볼 수 있을까요? 교도소에서는 남들 보는 눈이 있어서요."

기봉규가 기겁하는 게 전화기 너머로 느껴졌다.

최강이는 기봉규 집 부근 카페에서 만나자고 했다. 최대한 폐를 끼치기 싫어서다. 최강이가 대체 왜 갑자기 만나자고 하는 걸까. 조사실 계장이 말이다. 그렇지 않아도 일이 많던 날이었다. 박 계장 졸도한 것도 부족해 오용수 그놈이 어떻게 냄새를 맡고 압박해 들어왔느냐 말이다.

오용수는 마치 다 안다는 듯이, 영치창고에 거액이 들어 있는 걸 안다는 듯이 히죽거렸다. 먹잇감의 냄새를 맡은 뱀이 혓바닥을 날름거리며 찾아오듯 영치창고에 스르르 들어왔다. 자신이 비밀을 지켜줄 테니 정확히 반씩 나누자고 했다. 그런 사실이 없다고 기봉규가 발뺌해봤지만 전혀 먹히지 않았다. 김대식의 입소 시 영치품 내역을 조회해보면 바로 확인되니 헛소리하지 말라고 했다. 현재까지는 이 사실을 아는 사람이 오용수 자신밖에 없으니 자기까지만 끼워달라고 협박과 회유를 적절히 섞어 기봉규를 압박했다.

오용수 말을 듣던 기봉규는 입을 싹 닫을 수밖에 없었다. 오용수의 말이 부정할 수 없는 사실이기 때문이다. 김대식이 입소할 때 신입계호팀이 작성한 영치품 내역만 보면 누구나 바로 확인이 가능하다. 그 장부 중 김대식 부분을 제거해야 했지만, 혹시 몰라 일단 놔두었던 것이다. 이 간단한 계획의 일부였다. 안전한 시점이 언제인지는 모르지만, 그때까지는 돈도 일절 쓰지 말고 장부도 그대로 두기. 그러다가 아무도 관심이 없다는 걸 확실히 확인한 후에 김대식 장부를 없애고 돈도 쓰기 시작하는 것. 버티지 못한 기봉규는 결국 실토했고, 제발 입 다물어달라고 부탁했다.

"그래서 전에 날 도와준 거였어?"

"응, 네가 박 계장한테 털리면 내 돈도 증발하잖아."

'내 돈'이라니! 그게 어떻게 네 돈이냐! 생고생은 내가 다 했는데! 하지만 차마 이 말을 입 밖에 꺼낼 수는 없었다.

"근데…… 저기……."

"뭐? 뭔데?"

"그게 말이야……."

기봉규는 실토하는 김에 다 설명했다. 그 돈을 오용수와 반반으로 나눌 수는 없다는 걸. 이미 아내 지미라, 허태구, 처남, 처남 여자친구, 무당, 북채잡이, 꽹과리 소년까지 총 8명인데, 이제 오용수까지 끼면 총 9명이므로 1억 원씩밖에 안 돌아간다는 것도.

"이런 병신새끼! 하긴 네가 돈 관리를 제대로 할 리가 없지. 낌새를 차렸을 때 바로 치고 들어와서 내가 맡았어야 했는데. 괜히 간 보느라고 시간을 끌어버렸네."

교활한 오용수는 진작 모든 걸 알고 있었던 것이다. 한참 어린놈한테 쌍욕을 들었지만, 약점을 제대로 잡힌 기봉규는 고개만 푹 숙였다. 오용수는 아직 공범이 아니었다. 단지 이 '사실'을 아는, 중립지대에 있는 교도관일 뿐. 오용수가 계산기를 두드려 차라리 기봉규를 신고하고 근무평점을 더 받는 게 이득이라고 판단하면 그렇게 할 것이다. 그래서 기봉규는 옴짝달싹할 수 없었다. 차라리 오용수에게 1억 원을 줄 테니 제발 공범이 되어달라고, 그래서 비밀을 누설치 말라고 애걸복걸해야 할 판이었다.

"부부는 일심동체라니까 네 마누라한테 돌아갈 몫은 없어. 대신 나한테 2억 원을 줘. 그래야 신고 안 하고 너의 공범이 되어줄 테니까."

오용수다운 계산이었다. 수용하기도 거부하기도 힘든 제안이었다. 그냥 이 자리에서 오용수를 쳐 죽일 수만 있다면 그러고 싶었다. 뱀처럼 날름거리는 저 더러운 혓바닥부터 엿장수 가위로 싹둑 자르고 싶었다.

이제 이 일을 어떻게 수습해야 하나, 지미라에게는 뭐라고 말해야 하나. 기봉규는 점점 지쳐갔다. 너덜너덜해진 정신으로 터벅터벅 걷는 자신이 어쩌다 이렇게 됐는지 한심스러울 뿐이었다. 날씨는 점점 더 뜨거워졌고, 코로나 탓에 벗을 수 없는 마스크 때문에 숨이 막힐 것 같았다. 마스크 안에 습기가 차다 못해 물방울이 뚝뚝 떨어졌다. 자기 대신 마스크가 눈물을 흘려주는 듯했다. 마스크에 꽉 찬 습기 때문인지 기봉규의 눈이 그렁거렸다. 돌덩이처럼 무거운 고개를 들어보니 동네 커피숍 안에 앉아 있는 최강이가 보였다. 심장이 쿵쾅거리는 봉규는 비치적거리며 커피숍 안으로 들어갔다.

"퇴근 후에 보자는 게, 결례인 줄 알면서도 이렇게 찾아왔습니다. 죄송합니다."

"아닙니다, 하하. 제가 영광이죠."

기봉규는 어떻게든 이 자리를 그저 친한 직장 동료끼리 커피 한잔하는 자리로 만들고 싶었다. 최강이가 뭘 꼬치꼬치 캐물으러 오는 자리가 절대 아니라는 식으로. 자기가 그렇게 생각하면 정말 그렇게 되기라도 하듯 기봉규는 가볍고 명랑하게 최강이를 대했다.

"참 이상한 일이죠?"

최강이가 고개를 갸우뚱하며 말했다.

"뭐가 말입니까?"

"아시다시피 요새 교도소가 좀 이상해요. 친한 동생을 잠꼬대한다는 이유로 때리지를 않나, 운동장에서 수용자끼리 패싸움을 하지를 않나……. 아, 박 계장님은 오늘 기 교사님 쫓아가다가 기둥에 머리를 박고 기절했다면서요? 둘 사이에 무슨 일이 있었던 거예요?"

"……설마 제가 도둑놈도 아니고 저를 쫓아온 걸까요. 얼른 퇴근하고 싶어서 뛰어갔나 보죠. 박 계장님이 좀 독특하긴 하니까요. 그나저나 이 자리가 꼭 보안과 회의 같은 느낌이네요. 회의는 저처럼 보잘것없는 교사가 아니라 보안과장님이랑 해야 하는 거 아닌가요, 하하!"

어색한 웃음 사이로 불안이 비집고 나왔다. 그리고 더 어색하고 불길한 정적이 흘렀다.

"하나 여쭤보고 싶은 게 있어서 온 거예요."

하, 그냥 제발 커피만 마시고 가지. 기봉규는 수학 문제를 풀 때처럼 무작정 도망치고 싶었다. 아니면 최강이의 예쁘지만 차갑고 살벌한 입술을 집게로 꾹 봉인해버리든가.

"음, 혹시……."

"네?"

"김대식이라는 수용자를 아세요?"

커피를 입에 갖다 대던 기봉규는 깜짝 놀라 커피를 조금 쏟아버렸다.

"앗, 뜨거워. 커피가 뜨거워서 혀를 데였네요."

깜짝 놀라서 쏟은 게 아니라는 듯 어설프게 변명을 늘어놨지만, 최강이가 속지 않을 거라는 걸 기봉규도 알고 있었다. 기봉규가 그쯤은 알고 있다는 것 역시 최강이는 알고 있었고, 최강이가 정확히 알고 있다는 것 또한 기봉규는 짐작할 수 있었다.

기봉규는 뜸 들이지 않고 곧장 대꾸했다. 아무렇지도 않다는 듯이. 그 사람이 자기와 대체 무슨 상관이냐는 듯이. 그러나 바싹 말라버린 혀는 미각을 잃어 자신이 뭘 마시고 있는지조차 몰랐다. 기봉규는 커피 맛을 못 느끼며 최강이의 표정을 조심스레 살폈다.

"잘 알죠. 오용수 주임이 담당으로 있는 3사동에 있던 수용자 아닌가요. 사망한 걸로 떠들썩하던데요. 우리 교도소에 그 사람 모르는 교도관도 있나요?"

최강이가 여유롭게 씩 웃으며 말했다. 언젠가 허태구가 말미잘에 비유한 그런 느긋한 웃음이었다.

"있던데요. 허태구 교사님은 김대식을 절대 모른다고 하시던데요. 절대."

몇 마디의 말이 더 오가는 동안 카페 밖에서 그들을 몰래 염탐하는 남자가 있었다. 그는 한참 동안 험악한 표정으로 둘을 노려봤지만 무섭기보다는 그 꼴이 우스워 보였다. 결국 인내심을 잃은 남자는 카페 문을 박차고 들어가 기봉규의 뒤통수를 세게 치더니 멱살을 잡고 흔들어댔다.

"이 자식아, 네가 이럴 수 있어!"

뒤통수 맞고 어리둥절한 기봉규가 정신을 차리고 보니 허태구였다. 아뿔싸! 최강이와 함께 있는 걸 보고 오해한 것이다.

"야, 태구야! 그게 아냐. 오해야."

"어디서 많이 듣던 변명인걸."

허태구는 앙상하지만 기다란 팔로 기봉규의 목을 감싸 졸랐다.

너무 갑작스러운 일이라 최강이는 뭘 어떻게 해야 할지 몰랐다. 무엇보다 허태구가 갑자기 왜 저러는지 도대체 이해할 수가 없었다. 둘이 무슨 채무 관계가 있구나 싶어 선불리 끼어들기 싫었다.

기봉규는 해명을 해야 했지만, 목이 졸린 상황이라 말을 할 수 없었다.

“봐, 말문이 막히지? 할 말 없지? 비열한 자식!”

그때 허태구를 말리려는 팔뚝 굵은 남자가 나타났다. 카페 알바였다.

“저기, 손님. 이분들이랑 일행이세요?”

알바가 허태구에게 묻자 허태구가 당연하다는 듯 날카롭게 고개를 끄덕였다. 이 와중에 주문을 받으러 온 줄 알고 신경질이 났던 것이다.

“그럼 나가주셔야 할 것 같은데요. 코로나 방역이 4단계라서 2인 이상은 집합 금지입니다.”

뭐! 코로나가 어째! 오래도록 사랑해온 최강이와, 그녀가 숨겨둔 기둥서방인 나쁜 자식 기봉규. 이 둘을 놔두고 나가란 말인가! 2인 이상 금지라고 해도 카페에는 손님이 총 스무 명은 족히 있었다. 2명 이하로 입장한들 실내에 있는 인원은 북적였다. 아무튼 당국의 방역대책이 일단 기봉규를 살렸다.

“손님, 안 들리세요? 경찰에 신고하면 과태료 10만 원입니다. 더 이상 말 안 해요.”

과태료라는 말에 상추 값이 떠오른 허태구는 불에 덴 듯 화들짝 놀랐다. 기봉규의 목을 조르던 팔에서 스르르 힘이 빠졌다.

“이 자식아, 목이 졸리는데 말을 어떻게 해!”

켁켁거리며 숨통을 튼 기봉규가 알바와 힘을 합쳐 허태구를 카페 밖으로 내쳤다. 허태구는 알바가 무서워 다시 들어가지 못하고 카페 밖에서 한참 씩씩거리다가 사라졌다. 어차피 보복할 시간은 많지 않은가.

허태구가 사라지고 얼마쯤 지난 뒤 다시 다른 남자가 카페 밖에서 두 사람을 발견하고는 일그러진 표정으로 한참을 노려봤다. 그리고 그도 곧 어디론가 사라졌다.

“당신, 임무 완수했어?”

지미라가 물었다. 기봉규는 한숨부터 나왔다. 돈이야 가져왔지만, 이게 어디 온전히 자기들의 몫인가. 오용수가 했던 말을 지미라에게 어떻게 전달한단 말인가. 부부는 일심동체니까 둘이 합해서 1억 원만 갖고, 자기한테 2억 원을 달라는 이 파렴치한 협박을.

“그래, 일단 가져왔어. 가져오긴 했는데…….”

"했는데?"

"……."

"뭔데? 얼른 말해. 곧 집주인이랑 통화하기로 했어."

"집주인? 왜? 전세 언제까지 빼래?"

기봉규는 애써 말을 돌렸다. 그러나 통하지 않았다.

"얼른 말 안 해? 어차피 이제 돈이 생겼는데 전세금을 올려주든가, 다른 데로 이사하면 되지 무슨 걱정이야. 어차피 이 구질구질한 빌라 정말 진절머리 나잖아. 우리도 이제 남들처럼 아파트에서 좀 살아보자."

아파트라는 지미라의 말에 기봉규의 마음이 바늘로 찔린 듯 아팠다. 이제 그럴 수 없음을 지미라는 모르고 기봉규는 안다.

"사실 그게 말이야……."

기봉규가 모든 걸 고백하려는 그때, 누군가 거칠게 문을 두드렸다. 기봉규가 나가보니 허태구였다. 현관문을 밀치며 들어오는 허태구의 눈에서 불길이 치솟았다. 사우나에서 한 시간은 앉아 있다 왔는지 벌겋게 상기된 낯짝에 뜨거운 땀을 뻘뻘 흘리고는 지친 사냥개처럼 호흡이 할딱거렸다.

"너 이 나쁜 놈아!"

허태구가 다짜고짜 기봉규의 멱살을 잡고 흔들었다. 워낙 키 차이가 났기에 허태구가 팔을 한참이나 아래로 뻗어야 했다.

"이거 왜 이래. 놓고 말해!"

"이 새끼야, 너 돈 생기더니 자신감이 붙었냐? 감히 최강이한테 찝쩍거려? 최강이가 나한테 어떤 여자인 줄 누구보다 더 잘 알면서! 그리고 넌 이미 결혼도 했잖아!"

"어라? 태구 씨, 지금 그게 무슨 말이에요? 우리 남편이 누구한테 찝쩍거린다고요?"

지미라가 둘 사이에 끼어들며 물었다.

허태구는 카페에서 기봉규와 최강이가 웃으면서 이야기하는 걸 다 봤다며, 얼마나 낯짝이 두꺼우면 마누라 있는 집 근처 카페에서 대놓고 바람을 피우느냐며 고래고래 고함을 쳤다.

"얼마나 된 거야, 너희 둘?"

허태구가 너무 단정적으로 따지고 들자 성미 급한 지미라의 감정도 격해지기 시작했다.

"뜬금없이 그게 무슨 말이에요, 태구 씨? 당신, 저 말이 사실이야? 정말 요새 바람 피우고 다녀?"

"어이구, 정말 미치겠네. 있는 대로 다 말할 수도 없고."

기봉규는 정말이지 퍼질러 앉아 울고 싶었다. 오용수한테 협박받은 내용도 차마 말할 수 없어 머뭇거리던 참에 이제 최강이가 진실에 접근하고 있다는 것까지 어떻게 실토한단 말인가. 돈은 모두 똑같이 나누기로 했으면서 처음부터 끝까지 기봉규

혼자 고생하는 것도 억울했는데, 이제는 누명까지 쓰게 될 판이었다.

기봉규는 너무 기가 막혀서 어휴, 어휴 속 터지는 한숨만 내뱉으면서도 적극적으로 부정하지 못했다. 지미라는 가슴을 탕탕 치며 자기 머리카락을 쥐어뜯다 말고 기봉규 머리카락을 잡고 흔들어댔다. 요즘 들어 부쩍 휑해진 머리숱에서 아까운 머리카락 한 다발이 떨어져나갔다.

"마누라는 보습학원 폐업 직전에, 민사소송에, 형사 벌금에, 집주인 등쌀까지 견뎌내고 있는데 서방이라는 놈은 젊은 년이랑 붙어먹어? 그것도 내가 눈 시퍼렇게 뜨고 있는 우리 동네에서? 너 미친 거야? 돈 생기더니 미쳐버렸느냐고!"

"매형 미친 거 맞아!"

"봉규 오빠 정말 미쳤어요!"

지미라의 절규에 맞장구치며 들어온 사람은 지범수와 차수미였다. 밀린 카드 명세서 때문에 급히 지미라를 찾은 것이었다. 이제 지범수는 리스한 차량에 기름 넣을 용돈조차 떨어진 상태다. 아까 기봉규와 최강이가 카페에 있던 걸 지켜본 사람은 허태구뿐만이 아니었다. 그 앞을 지나치던 지범수와 차수미도 현장을 목격했던 것이다.

사실 둘은 긴가민가했다. 남녀가 카페에 같이 앉아 있다고 바람 피운다고 단정 지을 바보가 허태구 빼고 또 누가 있단 말인가. 하지만 지범수와 차수미는 이미 집 안에서 벌어지는 소동을 현관 밖에서 다 엿듣고 있었고, 품고 있던 의심이 허태구를 통해 확신으로 변했던 것이다.

허태구 입장에서도 마찬가지였다. 자신이 본 광경을 믿기 싫었지만 기봉규를 비난은 하고 싶었던 허태구. 그러나 근거가 부족했다. 자신이 아무리 최강이한테 빠져 있어서 판단력이 흐려도 그렇지, 둘이 카페에서 커피 마셨다고 불륜을 의심하는 건 좀 무리였다는 걸 알고 있었다. 더군다나 기봉규에게 매력을 느끼는 일은 교도소에서 착한 놈 찾기보다 더 어려운 일 아닌가. 완벽한 최강이가 기봉규 같은 너덜너덜한 유부남 아저씨에게 넘어갈 리가 없다. 그러나 지범수와 차수미까지 증언하며 나서자 자신의 의심이 괜한 것이 아니었다고 확신하게 되었다.

"넌 사람도 아냐. 제수씨 고생하는 거 뻔히 알면서. 내가 최강이 좋아하는 거 다 알면서!"

"매형, 이제 잘나간다고 정말 그러는 거 아니에요. 내가 돈 필요하다고 선불로 좀 떼어달라고 할 때는 그렇게 매정하더니 아까 그 여자랑은 완전 죽이 척척 맞던데요."

"봉규 오빠, 언니가 불쌍하지도 않아요? 지금 집도 쫓겨나게 생겼다면서요? 오빠 혹시 그 돈 빼돌려서 그 여자랑 도망치려는 수작 아니에요? 그리고 그 여자 상당히 앳돼 보이고 예쁘던데요. 참 능력도 좋으시네요."

허태구와 지범수, 차수미가 번갈아가며 기봉규를 공격했다. 체력이 약한 허태구는 이 분노를 오래 감당하지 못했다. 그는 벽을 의지한 채 절망적인 표정으로 눈을 꼭 감고 뜨거운 눈물을 흘려대고 있었다. 지미라는 퍼질러 앉아 엉엉 울기 시작했다. 참으로 을씨년스러운 난장이었다.

"매형, 이제 매형 못 믿겠어요. 그 돈이 마치 매형만의 돈인 것처럼 마음대로 우리를 통제했잖아요. 그게 다 그 여자를 위한 거였어요?"

"당신, 돈 내놔. 말 나온 김에 이 자리에서 공평하게 나누자. 그리고 각자의 길을 가자. 내가 돈 필요하다고 애걸복걸할 때는 한 푼도 안 내놓더니, 오호라, 그 어린 년 주려고? 그새 오입질에 재미가 붙으셨어? 아이고, 내 팔자야! 어디 남들처럼 명품백 하나 없이 살아도 바가지 한 번 긁은 적 없었어. 그 돈으로 전세금 충당하자는데, 그게 그렇게 듣기 싫었어? 하긴 어차피 집 나갈 서방이니까 전세가 오르든 말든 무슨 상관이겠어."

"맞아요. 언니 말이 맞아요. 내놔요. 왜 오빠가 독차지하고 있어요? 왜 내 돈을 그 여자애한테 줘야 해요?"

"하…… 정말 환장하겠군."

기봉규의 파르르 떨리는 입술에서 고통스러운 신음 소리가 흘러나왔다. 이 인간들은 아무것도 모른다. 저 돈의 무게감이 어느 정도인지. 모두들 돈만 탐할 뿐 그 돈이 기봉규를 얼마나 짓누르고 으깨는지, 가장 가까운 사람들은 알지도, 알려고도 하지 않았다.

"나도 말 좀 하자! 그 돈…… 당분간 줄 수 없어. 그리고 계산도 다시 해야 해. 각자의 몫이 줄어든다고!"

기봉규가 절규하는 소리가 현관 밖까지 다 들렸다. 그러자 현관문 밖에서 들어올까 말까 망설이던 세 사람이 밀고 들어왔다. 아까 지범수와 차수미가 들어오면서 문을 안 잠갔나 보다.

"역시 내 점괘가 맞았어. 그 돈이 주인을 잃고 방황을 하더라니까. 주인은 우리 모두인데 말이지."

무당이었다. 무당 뒤에는 북채잡이와 꽹과리 치는 소년이 서 있었다.

"내가 점괘를 쳐보니 오늘이 길일이야. 오늘 당장 나누자. 더는 못 기다려. 그리고 이걸로 다시는 보지 말자. 알아들었어?"

이제는 무당과 그 일당까지 가세해서 자기 몫을 내놓으라고 기봉규의 멱살을 잡고 흔들어댔다. 기봉규의 집에서 기봉규의 편은 아무도 없었다. 평소 같으면 지미라만큼은 기봉규의 편을 들어줄 테지만 바람 피운 남편을 편들고 나설 여자가 누가 있겠는가.

정리하자면, 오랫동안 짝사랑한 여자와 바람이 난 친구를 극렬히 비난하는 허태구, 그런 허태구를 통해 심증을 굳혀 더 맹렬히 비난하는 처남과 그 여자친구, 돈 생기자마자 불륜에 빠진 남편 탓에 통곡하는 지미라, 다짜고짜 돈 달라고 찾아오는 무당과 그 일당, 그들 모두 기봉규를 잡아먹을 듯이 달려들어 걸귀처럼 할퀴고 있었던 것이다.

"잠깐! 모두 멈춰!"

수세에 몰리던 기봉규가 자기 멱살을 흔드는 손들을 뿌리치고 고함을 버럭 질렀다.

"일단 나 바람 피운 거 아냐. 그건 확실히 하자."

떳떳하면서 억울했던 기봉규는 누가 끼어들세라 무서워 재빨리 말을 이었다.

"그리고 나 바람 피운 거 아니라서 돈 지금 못 줘."

기봉규가 선언하듯 말하자 무수한 말들이 이어졌다.

"대체 그게 무슨 말이야, 당신?"

"대체 그게 무슨 말이에요, 오빠?"

"대체 그게 무슨 말이에요, 매형?"

"봉규야, 그게 무슨 말이냐."

"이것들이 이제 보니 모두 작당을 한 것이로구나. 오늘 중으로 돈 안 내놓으면 동네방네 소문 다 내고 파출소 가서 신고할 테니 그리 알아라."

"우리 보살님 말씀처럼 나도 신고할 테니 그리 알아라."

"우리 보살님과 북채잡이 선생님 말씀처럼 저도 신고할 거예요."

이렇게 기봉규가 한마디 하면 일곱 명이 한꺼번에 말했다. 기봉규는 현기증이 나서 어질어질했다. 원래 구질구질하던 인생이었다. 캐리어 속에 든 돈으로 이제 주름진 팔자에 다림질 좀 해보나 싶었다. 한데 어떻게 이놈의 인생은 갈수록 더 너저분해질 수 있단 말인가. 걸레는 빨아도 걸레인가 싶었다. 자기 인생이 꼭 걸레 같았다.

"잠깐! 잠깐만! 다 조용히 해봐! 잠깐만 내 얘기를 좀 들어봐!"

기봉규는 어디서부터 얘기해야 좋을지 머릿속이 정리가 안 됐다. 일단 급한 불부터 꺼야 했다. 최강이랑 만난 이유, 싸구려 웃음을 흘리며 최강이에게 아부를 떤 경위부터 제대로 해명하는 게 나을 성싶었다. 그래야 지미라와, 별로 도움은 안 되지만 허태구라는 우군을 얻을 듯싶었다.

중대범죄를 저질러도 마지막 발언권은 얻을 수 있지 않은가. 다들 몇 분만 조용히 있기로 합의를 봤다. 그러고는 기봉규에게 일단 해명할 기회를 주었다. 기봉규는 최강이와 불륜이 절대 아니며, 캐리어 속에 든 모든 돈을 걸 수 있다고 힘주어 말했다.

"그럼 그렇지. 언감생심!"

허태구가 안도의 한숨을 내쉬었지만 지미라는 여전히 미심쩍은 눈초리로 기봉규를 훑어보았다. 그러거나 말거나 기봉규는 우선 무당 패거리부터 내보내야 했다. 동네 사람들 다 불러들일 생각이 아니라면 저들부터 일단 살살 달래서 보내야 했다. 하지만 지금 기봉규 상태로는 말이 부드럽게 나오기 힘들었다.

"무당 아줌마, 한 번만 더 협박하면 내가 자수해버릴 거예요. 그럼 돈은 어떻게 된다? 무당 아줌마 돈 안 떼먹으니까 진정하고 집에 가서 기다리세요. 나 더 이상 같은 말 반복 안 해요."

"이 인간이 이제 협박까지 하네?"

기봉규는 거칠게 핸드폰을 움켜잡았다. 다들 덜덜 떨었다. 수류탄을 손에 꼭 쥐고 있는 탈영병처럼 위태로워 보였다.

"나도 이제 지쳤다고요. 자꾸 나를 궁지에 몰지 마요. 그러니 제발 일단 가 계세요. 다시 연락드릴게요. 아니면 지금 바로 112 누를까요? 경찰서 가서 계속 얘기하실래요?"

기봉규는 정말 숫자 패드를 누르기 시작했다. 수류탄 안전핀을 뽑으려는 탈영병을 말리기라도 하듯 모두가 어어어어 비명을 지르며 그를 붙잡았다.

"좋아. 오늘은 그만 가주지. 하지만 내 몫 떼먹을 생각 따윈 안 하는 게 좋을 거야. 늘 감시하고 있을 테니. 난 다 보여."

이렇게 해서 무당 패거리는 사라졌다. 기봉규는 물론 다들 일단 안도의 한숨을 내쉬었다. 무당 패거리가 사라지자 기봉규는 '진짜' 공범들에게 살벌한 고민을 토로했다. 오용수의 개입, 최강이의 의심에 대해 말할 때는 다들 불안에 떨며 술렁거렸다. 하지만 기봉규가 앞으로의 돈 처리 방향에 대해 말할 때는 다들 프라이팬에 튀겨지듯 펄쩍 뛰었다. 지범수는 자기 매형이 바람피운다고 난리칠 때보다 더 격렬히 반응했다.

기봉규의 계획은 정말 절망적이었기 때문이다. 하지만 그 이유를 듣고 있자니 아무도 반박하거나 막아설 수 없었다.

문지기

"입 다물고 앞으로는 너도 삼각팬티만 입어. 뭘 잘했다고 투덜거려!"

출근길, 그렇게 몸에 꽉 붙는 팬티를 입고 오라고 해도 허태구는 자기 정신 상태만큼이나 펑퍼짐한 트렁크를 입고 왔다.

"젠장맞을!"

바쁜 출근길인데 배터리가 방전됐다. 긴급출동 서비스를 호출해도 최소 10분은 기다려야 한다. 배터리를 충전하는 시간까지 합하면 총 20분은 걸릴 것이다. 좁은 골목이라 출동차량이 적당한 위치를 잡으려면 시간이 더 걸릴 수도 있다. 팬티 속에 두툼하게 넣어둔 돈뭉치를 빨리 빼내고 싶었다.

"그나저나 어제 본 그 여자애 말이야. 누구야?"

방전된 차 옆을 서성이며 허태구가 물었다.

"최강이잖아. 네가 좋아하는!"

"아니, 너희 집에 찾아온 그 여자…… 네 처남 옆에 서 있던 그……."

"그 여자? 처남 여자친구잖아. 왜? 이제 걔한테도 관심이 생겼냐?"

"아냐…… 그게 아니고…… 전에 내가 봤던 그 귀신이랑 너무 닮아서……. 그때 마침 무당도 들어왔었잖아. 어제는 내가 너무 무서워서 말은 안 했지만, 정말 오들오들 떨렸었어. 귀신이랑 너무 닮은 애가 들어오고 바로 뒤에 무당이 찾아오다니, 정말 기막힌 우연 아냐?"

"하고 싶은 말이 뭐야? 차수미가 귀신이라고?"

"아니, 미안하다고. 어제 오해해서. 나 때문에 부부 싸움까지 했잖아."

"미안하다고? 미안해? 미안하다고 하면 없던 일이 돼?"

차라리 미안하다는 말을 안 들었으면 나았을 것이다. 미안하다는 말을 듣자마자 기봉규의 속이 썩어 문드러지다 못해 뜨거운 분통에 녹아버릴 것만 같았다.

"정말 미안해. 난 네가 돈이 생기니까 자신감 붙어서 최강이한테 찝쩍대는 줄 알았거든."

이 바보와 더 무슨 대화를 하겠나 싶었다. 기봉규는 허허로운 하늘을 보며 한숨을 푹 내쉬었다. 그러고는 한번 더 단단히 경고했다.

"너 내일부터 꼭 몸에 딱 달라붙는 삼각팬티 입고 와. 오늘부터 다시 돈을 제자리에 갖다놔야 해."

기봉규가 짜낸 애초 계획은 무척 단순했다. 돈을 조금씩 빼돌렸다가 아무도 이 비밀을 모른다는 확신이 들 때쯤 나눠서 쓴다…….

그러나 이제 이 단조로운 계획을 역으로 변경해야 했다. 돈을 최대한 빠르게, 하지만 들키면 안 되니까 조금씩 되돌려놨다가, 잠잠해진다 싶으면 다시 조금씩 집으로 옮기기. 그리고 아무도 이 비밀을 모른다는 확신이 든다면 그때 가서 나눠 쓰기로. 결국 원점으로 돌아온 셈이다. 아무래도 어제 최강이와 만난 후 너무 불안하고 찝찝했기 때문에 모른 체하고 넘길 수는 없었다.

그 고생을 해서 돈을 빼돌렸지만, 이제부터 다시 제자리에 갖다 놔야 한다. 그리고 돈 빼돌리는 작업을 나중에 다시 해야 한다. 박 계장이 퇴원하기 전까지 이 모든 일을 마무리해야 한다.

기봉규는 땅이 꺼져라 한숨만 푹푹 내쉬었다. 그 바람에 마스크가 풍선처럼 부풀어 올랐다가 가라앉았다가 다시 팽팽하게 팽창했다. 허태구는 기봉규의 마스크를 긴장 어린 눈빛으로 아슬아슬하게 바라봤다. 금방이라도 마스크의 끈이 끊어질 것 같았기 때문이다.

어디서부터 잘못된 것일까, 나의 인생이라는 것은. 기봉규는 긴급출동차량을 기다리며 자신의 처량한 신세에 대해 생각했다. 아버지의 빚 때문인가, 아버지의 변호사 비용 때문인가, 아버지가 엿을 제대로 못 팔아서인가, 고모할머니네 가족이 구박을 해서인가, 어릴 때 제대로 된 공부를 못해서인가, 자신이 무능해서인가, 자신이 부정한 돈을 탐해서인가, 결국 다 자신의 탓인가…….

그냥 이대로 확 돈을 써버릴까. 지미라만 데리고 잠적을 해버릴까. 기봉규는 그러나 고개를 절레절레 저었다. 아버지처럼 평생 쫓기며 살 수는 없었다. 최강이라는 존재를 무시한 채 가만히 있을 수도 없었다. 최강이가 대뜸 김대식에 대해 물은 것, 최근 교도소에서 벌어진 일들에 대해 기봉규에게 토로한 점은 아무리 봐도 이상하지 않은가. 표면적으로는 김대식과 기봉규는 아무런 상관이 없는 사이다. 그리고 교도소에서 벌어졌던 사건 사고 역시 더더욱 상관이 없다. 그런데 최강이는 탐문하듯 구태여 동네까지 찾아와서 그 말을 기어코 건네고 갔던 것이다. 대체 왜?

"왜일까……?"

"왜긴 왜예요. 배터리가 오래됐으니 잘 방전되죠. 이참에 새 걸로 당장 바꾸세요. 제가 지금 바로 바꿔드릴 수 있어요."

긴급출동 서비스 직원이 배터리 팔아먹으려고 하는 거 보니 충전이 다 끝났나 보다. 출근치고는 늦은 출발이었다. 그러나 안전한 시간대이기도 했다. 교도소 정문에 인파가 붐비지 않을 테니. 그러나 정문이 문제가 아니었다. 어차피 정문 교도관들은 출근하는 인원에 대해서는 크게 의심하지 않았다. 변호사나 경찰처럼 외부인이 아닌 이상 별로 관심을 두지도 않았다. 오용수가 일을 저지르기 전까지는.

기봉규와 허태구가 조금 지각을 한 그날, 오용수도 간밤의 숙취 때문에 출근이 조금 늦었다. 코로나로부터 교도소를 철저히 방어하라는 소장의 엄명에 따라 정문에는 사람 키만 한 체온감지기가 설치돼 있었다. 정문 안, 그러니까 교도소 담장 안쪽으로 들어오려는 사람은 체온감지기 앞에 3초 정도 서 있어야 했다. 기계에서 "정상입니다"라는 음성이 나와야 통과할 수 있었다.

"무슨 이런 보여주기식 행정이야! 이런 거 살 돈 있으면 수박이나 몇 조각씩 돌리든가."

투덜거린 오용수는 귀찮아서 체온감지기 앞을 그냥 지나쳤다. 그때 뒤에서 "험!" 하고 험상궂게 헛기침하는 소리가 들렸다. 보나 마나 계장쯤 되겠지 싶어서 뒤도 안 돌아보고 그냥 정문을 통과하려던 오용수. 하지만 목소리의 주인이 오용수를 불렀다.

"자네, 이리 와보게."

소장이었다! 오용수는 진저리를 치며 자기도 모르게 뒷걸음질을 쳤다. 소장이 등 뒤에 총무과장과 보안과장과 기동대원들을 줄줄이 붙여서 몸소 행차에 나선 것이었다. 자신의 치적인 고가의 체온감지기가 잘 설치돼 있는지, 잘 작동하는지, 교도관들이 기계의 지시에 잘 따르는지 살펴보기 위해 무거운 몸을 오랜만에 일으킨 것이다.

그런데 체온감지기를 설치한 첫날 출근시간부터 오용수라는 조무래기가 자신의 명을 무시하듯 휙 지나간 것이다. 그것도 자신이 보는 앞에서. 소장은 자신이 무시당한 기분마저 들었다. 가뜩이나 정문 근무자들의 경례 소리가 시원치 않아 심기가 불편했던 소장이었다. 오용수는 안마의자에 앉은 듯 온몸을 부르르 떨었다.

"저 오용수라는 교위의 이름을 적어놓고, 경위서를 받아내게. 내 지시를 어긴 데다 지각까지 해?"

소장은 교위 따위와 말을 섞고 싶지 않았다. 오용수를 불러놓고는 보안과장에게 노기 띤 음성으로 지시했다. 보안과장은

"또 너냐!" 하는 표정으로 오용수를 강파르게 노려보았고, 오용수는 고개를 푹 숙이고 연신 죄송하다고 사죄했다. 고개를 너무 빨리 숙여대 어질어질할 지경이었다.

"이봐!"

소장은 목소리 작은 정문 근무자에게 큰 소리로 고함을 쳤다. 경례라는 건 이런 목소리로 해야 한다는 걸 가르쳐주기라도 하듯.

"예, 소장님!"

"지금 이 시각부터 정문 경계를 철저히 하게. 들어오는 모든 직원이 체온감지기를 제대로 통과하는지 감시하고, 수상쩍다 싶은 직원은 언제든 즉시 보안과장에게 보고하게."

보고받는 귀찮은 일은 보안과장에게 떠넘긴 소장이 다시 한 번 오용수를 노려봤다. 볍씨처럼 가느다란 눈이 불타듯 활활 이글거렸는데, 눈이 너무 작아 아무도 보지는 못했다.

같은 시각, 소장이 이런 지시를 내린 줄도 모르고 기봉규와 허태구는 헐레벌떡 근무복으로 갈아입고, 돈을 팬티 엉덩이 부분에 끼워놓고 주머니에 양손을 꽂은 채 정문으로 향하고 있었다. 둘은 몇 초 후에 벌어질 일을 새까맣게 모르고 있었지만 이제 곧 꼼짝 없이, 그것도 소장과 보안과장 등이 보는 앞에서 검문을 당할 판이었다. 그럼 모든 게 끝이다. 정문 근무자는 소장과 보안과장을 의식해서라도 기봉규와 허태구의 불룩한 엉덩이를 문제 삼을 것이다.

"보안과장!"

"예, 소장님."

"대체 직원들 관리를 어떻게 하고 있는 거야? 나랏돈으로 이런 거 설치해두면 뭐 하나. 사람이 기계만도 못한 걸."

죄송하다고 고개를 푹 숙이는 보안과장. 속으로 고소해하는, 보안과장의 진급 라이벌인 총무과장은 손뼉을 칠 뻔했다.

분위기가 험악한 그때, 뒤에서 비명같이 큰 소리가 들렸다.

"근무 중 이상 없습니다!"

지각을 한 허태구, 엉덩이에 불룩하게 돈을 숨겨 들어온 허태구, 겁 많은 허태구가 소장의 뒤통수를 보고 기겁해서 비명을 내지르듯 경례를 한 것이다. 그 목소리는 소장이 이 교도소에서 들어본 경례 중 가장 큰 소리였다. 그 소리가 너무 커서 소장의 귀가 얼얼했지만, 그것은 즐거운 고통이었다. 비로소 자신의 권위가 서는 것 같았다.

정문 근무자는 얼굴이 허옇게 질려 있는 기봉규와 허태구 쪽으로 다가갔다. 그의 그림자가 점점 두 사람에게 가까이 가고 있었다. 기겁을 한 둘은 씹다 뱉은 껌처럼 그대로 땅바닥에 들러붙어 오들오들 떨기만 했다. 허태구는 온몸이 굳어버려 지저

분한 석상처럼 보였고, 기봉규는 참형을 기다리는 사형수처럼 고개를 축 늘어뜨렸다.

"잠깐!"

소장이 허태구 쪽을 보면서 말했다. 두 사람에게 다가가던 정문 근무자가 멈칫했다.

"자네 이름이 뭔가?"

허태구는 겁에 질린 나머지 있는 힘껏 목소리를 내질렀다.

"교사 기태구, 아니, 허봉규, 아니, 죄송합니다. 허! 태! 구! 입니다!"

"자네 군에서 주특기가 뭐였나?"

소장은 난데없이 허태구의 주특기를 물었다.

"포병이었습니다!"

"그렇지. 암, 그렇고말고. 저런 경례 소리는 포병만이 낼 수 있지."

포병 출신인 소장의 기분이 더 좋아졌다.

"대포의 파괴력은 폭음이 클수록 강하고, 교도관의 근무 태도는 경례 소리가 클수록 올바른 법이지."

총무과장이 얼른 주머니에서 수첩을 꺼내 그 '말씀'을 받아 적었다.

"이봐, 보안과장."

표정이 한결 부드러워진 소장이 보안과장에게 새로운 지시를 내렸다.

"오늘부터 저 허태구라는 친구를 정문 체온감지기 담당 근무자로 세우게. 07시부터 09시까지, 직원들이 출근을 완료할 때까지 저 책임감 투철한 직원으로 하여금 교도관들을 감시토록 하게."

사람을 쓸 거였으면 굳이 비싼 돈 주고 체온감지기를 구입할 필요가 없었다. 허태구가 휴대용 체온기로 들어오는 교도관들의 체온을 재면 될 일이다.

"열심히 하겠습니다!"

"좋아, 좋아, 허 교사 자네의 책임이 막중하네. 코로나로부터 우리 교도소를 지키리라 믿네. 지시에 따르지 않는 직원에게는 포를 쏘아도 좋네."

정말이지 웃기지도 않는 농담을 소장이 던지자, 주변이 와하하하 웃음바다로 변했다. 기분 좋아진 소장도 웃자 그 이하 모두의 기분도 좋아졌다. 명랑한 출근길이었다.

이렇게 해서 엉뚱하게도 허태구가 07시부터 09시까지 정문 체온감지기 옆에서 차렷을 한 채 근무를 서게 됐다. 그리고 09시 이후로는 원래 자신의 근무지인 영치창고로 가게 됐다. 이 말은 곧, 이제 허태구와 기봉규가 자유롭게 정문을 드나들 수 있다는 뜻이었다. 돈을 도로 제자리에 갖다 놓는 일이 한결 수월해진 셈이다.

반격

정문에서 한바탕 소동은 그렇게 넘어가나 싶었다. 진짜 문제는 오전에 영치창고에서 한 번 벌어졌고, 오후에 출소자 대기실에서 또 한 번 벌어졌다.

아직 장마에 접어든 건 아니지만 습하고 무더운 날, 기봉규가 집에서 도로 가져온 돈뭉치를 땀을 삘삘 흘리며 캐리어 안에 넣고 있을 때였다. 누가 영치창고 문을 쾅쾅 두드렸다. 자신감 넘치게 두드리는 걸 보니 또 보안과장인가 보다. 기봉규와 허태구는 겁먹은 새끼 고양이처럼 구멍을 찾아 숨고 싶었다. 그러나 이내 평정심을 찾았다.

"태구야, 넌 절대 아무 말도 하지 마. 그냥 가만히 차렷 자세로 있기만 해. 무조건! 절대! 아무 말도! 알았지?"

"응, 알았어. 이제 말 잘 들을게."

"그 말도 하지 마. 무조건 아무 말도 하지 마!"

캐리어를 후다닥 제자리에 갖다 놓은 기봉규는 영치창고 문을 열었다.

"기봉규 교사, 왜 이렇게 문을 늦게 여는 거야? 둘이서 무슨 꿍꿍이라도 벌이고 있었던 거야?"

오용수였다. 재수 없는 자식이 문밖에 서서 비열하게 흐흐흐 웃고 있었다.

"재수가 없게 출근하자마자 소장한테 면박을 당하네. 거기다가 주가까지 팍팍 떨어지는군. 나 돈 급하니까 내 몫에서 한 뭉치만 줘봐. 야, 잘나가는 허태구, 네가 줘봐라."

"하……."

기봉규의 입에서 고통스러운 신음 소리가 새어 나왔다. 간밤에 사람들 앞에서 했던 말 중에서 오용수에 대한 내용만 빼고 처음부터 다시 하자니 가뜩이나 새까매진 속이 매스껍게 울렁거렸다. 그리고 그간 참았던 분노가 부글부글 끓어 한꺼번에 폭발할 것만 같았다.

"뭐야. 돈 달라니까 한숨만 푹푹 쉬고. 네 친구놈이 소장한테 칭찬 한 번 들었다고 막 가자는 거야?"

"오용수."

"뭐? 오용수?"

"이 개새끼야."

갑작스러운 기습에 오용수가 당황했는지 겁먹은 거북이처럼 목을 움츠리며 움찔했다. 기봉규는 너무나 후련해 그간의 스트레스가 한 번에 확 풀리는 듯했다. 하지만 오용수는 이내 무려 7급 공무원의 위엄과 체통을 회복하며 8급에게 반격했다.

"뭐야! 이 자식이 윗사람한테 욕을 하네?"

"허접쓰레기 같은 자식아, 그깟 7급이 무슨 고관대작이라고 그렇게 지질하게 살아. 돈타령 전에 인간부터 좀 돼라. 형들한테 반말 찍찍 하지 말고. 싸가지 없는 것도 정도가 있어야지."

"이 자식이 미쳤네. 8급 주제에. 혹시 돈 주기 싫어서 이러는 거 아냐? 어이, 허태구, 말해봐. 이 자식 이거 오늘 왜 이래?"

하지만 허태구는 차렷 자세로 가만히 서서 아무 말도 하지 않았다. 아니, 하지 못했다. 이게 무슨 상황인지는 허태구도 제대로 파악이 안 되지만, 절대 아무 말도 안 하겠다고 기봉규와 약속을 하지 않았던가.

"둘이서 완전 실성을 했군. 돈 생기니 자신감도 붙었어? 감히 주임한테 어쩌고 어째? 이봐, 그러지 말고 돈부터 확인해보자. 어차피 너희 같은 루저들한테는 따로 볼 일 없으니까. 김대식 캐리어 어디 있어? 야, 허태구, 네가 가져와봐."

기봉규가 말을 하지 말라고 했지 아무 행동도 하지 말라고 한 건 아니었다. 평소 오용수를 무서워하는 허태구는 기계적으로 그 지시에 따랐다.

"뭐야. 왜 돈이 이거밖에 없어?"

캐리어 안을 확인한 오용수는 돈뭉치 세 개를 도로 캐리어 안에 신경질적으로 던지며 말했다.

"내가 그 긴 설명을 다시 해야겠어?"

뜨거운 한숨을 확 내쉰 기봉규. 날은 덥고 습하지, 마스크 때문에 갑갑하지, 돈은 제자리에 갖다놔야 하지, 이제는 오용수에게 그 긴 설명을 다시 해야 할 판이었다. 누구한테든 빚진 돈이 없는데 다들 왜 자기한테 돈을 달라고 하는지 답답하고 원통해 미쳐버릴 것만 같았다. 이 캐리어의 정체를 알고부터 기봉규는 늘 벼랑 끝에 매달려 있는 기분이었다. 그 누구도 손을 뻗어주지 않았다. 돈 달라고 손을 내밀기만 할 뿐.

하지만 일은 일이었다. 호랑이 등에 올라탄 사람은 그 상태로 끝까지 가지 않을 수 없다. 도중에 등에서 떨어지면 잡아먹힌다. 캐리어 위에 올라탄 기봉규도 마찬가지다. 기봉규는 최대한 짧게 핵심만 전달했다.

"……그렇게 된 거야. 그러니까 당분간 오 주임 너도 좀 닥치고 가만히 기다려. 촐싹거리지 말고."

무당 패거리와 달리 오용수는 그래도 말이 통하는 인간이었다. 이치에 맞게 설명하면 설득할 수 있는 인간이었던 것이다. 조사실 최강이가 어디까지 아는지 모르지만, 수상쩍은 행동을 하는 이상 일단 기봉규 말대로 하는 게 옳았다.

"너 혹시."

오용수가 기봉규를 노려보며 말했다.

"너 혹시 말이야. 최강이 핑계대면서 나 몰래 돈 빼돌릴 속셈이라면 접는 게 나아."

"너 같은 새끼나 그런 양아치 짓거리를 하겠지."

바로 오용수한테서 욕이 날아올 줄 알았는데, 시건방지게 주머니에 한쪽 손을 꽂은 오용수는 갑자기 엉뚱한 소리를 하기 시작했다.

"그런데 기봉규 교사와 허태구 교사, 너희들 사망한 수용자 김대식의 돈 9억 원을 가로챌 계획은 잘 진행되고 있어?"

이 자식이 왜 이래. 자기도 뻔히 아는 걸 왜 묻는 거야.

"몰라서 물어? 지금 그거 때문에 이 난리를 피우는 거잖아. 뜬금없이 뭔 소리래?"

기봉규의 말이 끝나자마자 히죽 웃는 오용수. 그는 주머니에서 USB 크기의 소형 녹음기를 꺼냈다. 그러고는 기봉규와의 대화 중에서 악의적으로 편집한 부분만 재생했다.

– 그런데 기봉규 교사와 허태구 교사, 너희들 수용자 김대식의 돈 9억 원을 가로챌 계획이란 게 사실이야? …… 몰라서 물어? 지금 그거 때문에 이 난리를 피우는 거잖아.

"됐지? 이걸로 너희는 약점 잡힌 거다. 그리고 일이 이상하게 돌아가면 난 너희들 신고하고 발 뺄 거야. 동료의 부정을 발각한 교위 오용수, 불의를 고발하는 정직함과 동료를 감싸주는 의리 사이에서 고뇌하다가 결국 공직자 본연의 의무를 택한 의인, 정의의 본령을 지켜낸 교도관의 표상. 사람들은 날 이렇게 부를걸. 하하하!"

오용수는 실성한 듯 까르르르 웃으며 영치창고를 나갔다. 저 짓을 하려고 일부러 찾아왔나 보다.

맥이 빠져 다리가 풀린 기봉규. 약속대로 아무 말 없이 차렷 자세로 서 있는 허태구. 표정은 둘 다 울상이었다.

"이제 우리 어떻게 하지? 돈은 아직 한 푼도 못 써봤는데 협박하는 인간들만 늘어나잖아."

그러나 태구는 묵묵부답이었다.

"야, 태구야, 대답 좀 해봐. 이제 말해도 돼."

그러자 허태구는 여태껏 숨이라도 참고 있었던 듯 후– 하고 숨을 몰아쉬고는 주머니에서 뭔가를 꺼냈다. 그러고는 버튼을 눌렀다.

– 김대식 캐리어 어디 있어? 야, 허태구, 네가 가져와봐. ……
너 혹시 말이야. 최강이 핑계대면서 나 몰래 돈 빼돌릴 속셈
이라면 접는 게 나아.

허태구는 최강이의 예쁜 목소리를 녹음하려고 진작부터 소형 녹음기를 몰래 들고 다녔다. 언제 최강이의 목소리가 들릴지 모르니 상시 녹음 상태였다. 이로써 오용수 본인은 아직 모르지만 역으로 약점이 제대로 잡히게 된 것이다.

"너도 한 건 할 줄 아는구나! 오용수 한 번만 더 까불면 그거 들려주면 되겠다. 그치?"

기봉규는 허태구를 한껏 추켜세우며 감탄했다. 허태구가 도움이 된 건, 적어도 기봉규 기억으로는 이번이 처음이었다.

그러나 즐거움도 잠시. 따르르릉. 불길한 전화 한 통이 울렸다. 영치창고 전화기에 벨이 울리면 늘 안 좋은 일이 생겼다. 잃어버린 영치품 찾아달라, 영치품 내역이 다르다, 난 분명히 석 돈짜리 금팔찌를 맡긴 바 있다, 물건 못 찾으면 너희들이 물어내라……. 제일 짜증 나는 놈은 자기 아버지한테 물려받은 소중한 목도리를 허태구가 잃어버렸다며 정신적 피해보상 격으로

위자료를 요구한 출소자였다. "아버님", "아버님" 하고 눈시울을 붉히던 그놈은 상습존속상해로 장기간 징역을 살다가 나간 놈이었다.

"여보세요? 영치창고 기봉규 교사입니다."

"안녕하세요? 총무과 이덕기 교위입니다. 다름이 아니고요……."

총무과 직원의 전화를 받던 기봉규는 또 다리가 풀려 주저앉을 뻔했다. 정보공개 청구였다. 청구인은 좁쌀. 모년 모월 모일부터 모년 모월 모일까지 영치된 수용자 영치품 내역을 개인정보를 삭제한 채 전부 공개하라는 것이었다. 비용은 본인 부담이라서 거부할 수도 없다. 좁쌀이 지정한 기간 중에는 김대식의 입소일과 사망 날짜가 포함돼 있었다.

눈앞이 노래지다 못해 눈알까지 누렇게 뜬 기봉규와 허태구. 그런데 이게 끝이 아니었다. 다시 한번 전화벨이 울렸다. 이번엔 보안과 직원이었다.

"오늘 출소자 있습니다. 영치품 준비해두세요."

"누굽니까?"

괜히 불안감이 엄습했다. 까닭 없이 등줄기가 서늘했다.

"어금니입니다."

우리를 탈출한 호랑이

더러운 얼룩이 여기저기 묻고 다 해진 파란색 죄수복이 금방이라도 터질 것처럼 팽팽했다. 초라한 죄수복 여기저기에서 금방이라도 실밥이 터질 것 같았다. 어금니의 덩치를 간신히 지탱하며 빨리 주인이 옷을 벗어주길 기다리는 것 같았다. 특히 뱃살 부분이 빵처럼 극도로 부풀어 올랐는데, 보는 사람마다 너무 긴장돼 차라리 옷이 당장 터져버리길 바랄 정도였다.

"내 영치품 잘 있지요, 간수 나리?"

간수라는 말에 기봉규가 눈살을 찌푸렸지만, 출소하는 사람을 윽박지르거나 겁줄 수도 없었다. 특히 상대가 어금니일 때는 더더욱. 어금니를 따라다니는 소문이 무성했다. 그 중에는 수감 시절에 괴롭히던 교도관을 출소 후 반드시 보복한다는, 실종된 교도관이 한둘이 아니라는 믿거나 말거나 식의 소문도 있었다.

"영치품이라고 해봐야 옷가지랑 지갑, 신분증밖에 없네요. 마치 교도소에 들어올 준비를 언제든 하고 있었던 것처럼 가벼운 복장으로 다녔군요."

"이게 원체 생활이 돼놔서 원."

어느덧 초여름에 접어들었지만 어금니는 입소할 당시의 봄 점퍼를 껴입으며 헤헤 웃었다.

"자, 이걸로 끝입니다. 더 이상 영치품 없어요. 저 사람 따라서 외정문으로 나가면 자유입니다."

기봉규가 허태구를 가리키며 말했다.

"정말 끝입니까요?"

어금니가 의미심장하게 허허 웃으며 말했다.

무슨 말인가 싶어 눈을 씀벅거리며 어금니를 바라보는 기봉규. 이제 모든 게 귀찮고 피곤한 기색이다.

"하나 더 남아 있지 않습니까?"

그 말에 영치품 목록을 다시 살피는 기봉규. 그러나 다시 확인해도 누락된 영치품은 없었다.

"없네요."

"있습니다. 잘 생각해보십시오."

"생각해보라니? 생각해보면 없던 물건이라도 나와요?"

피곤한 기봉규가 날카롭게 답했다.

어금니는 뭐가 좋다는 건지 느글거리게 웃으며 기봉규 귀에 순대 같은 입술을 바싹 갖다 대고는 속닥였다.

"9억 원. 당장 내놔."

이것은 거대한 미끼였다.

기봉규가 움찔하다가 순식간에 정색을 하고는 맞받아쳤다.

"무슨 말이에요, 그게? 그런 돈을 당신이 언제 맡겨놨다고."

그러자 심증만 있던 어금니는 일단 더는 할 말이 없었다. 그러나 미끼를 던질 기회는 한 번 더 있었다. 바로 허태구였다. 출소하는 사람은 허태구가 동행해서 외정문까지 데려다준다. 외정문까지가 교도소의 영역이다. 어금니는 묵묵히 외정문을 나오자마자, 휙 돌아서서 허태구의 가느다란 목덜미를 강하게 낚아챘다. 이번 미끼는 손아귀 악력으로 승부를 봐야 했다.

"너 솔직히 말해라. 아니면 다시는 말을 못하도록 만들어줄 테니까."

어금니는 허태구를 외정문 밖 으스스한 풀숲으로 데려가서 겁부터 주었다. 자신의 전공인 공갈협박을 써먹으며.

"선택해. 그 아가리로 말을 할 건지, 그 아가리가 찢어지고 말을 할 건지."

겁먹은 허태구가 달달달 떨며 손바닥으로 입을 가렸다.

사람에게 공포감을 주는 건 어금니가 누구보다 잘하는 특기였다. 겁을 주면 대개 진실은 술술 나오게 된다. 어금니는 전부 다 들었다. 그와 전혀 상관없는 진실을, 그러나 이제부터 그 누구보다 자신과 관련 있을 그 진실을.

기봉규를 만나고 온 후로 최강이의 심증은 더 굳어졌다.

"분명 뭔가를 숨기는 거야. 분명해."

만약 기봉규가 무슨 잘못을 저지르고 있다면 그 죄가 커지기 전에 막아서는 게 그를 위한 길이기도 했다. 그러나 심증만 있을 뿐 물증이 없었다. 게다가 그 심증이란 것 역시 너무 막연한 것이었다. 기봉규가 무슨 잘못을 얼마나 했는지 구체적인 실체가 없었다. 단지 뭔가가 의심스럽다는 점뿐이었고, 그 의심이 괜한 것은 아니라는 확신만 있을 뿐이었다.

딴생각에 빠져 별 목적 없이 마우스만 깔짝거리던 최강이는 불현 듯 어떤 생각이 떠올라 화들짝 놀랐다.

"정말 바보 같아. 왜 그 생각을 못했지."

최강이는 자기 이마에 스스로 꿀밤이라도 먹여주고 싶었다. 진작 그것부터 확인했어야 했다. 최강이는 수용정보시스템을 열어 죽은 김대식의 수용기록카드를 열었다. 가장 최근의 수용기록카드가 열렸다. 전과 12범인 김대식은 총 12개의 수용기록카드가 있는데, 그걸 최신부터 가장 오래된 것까지 역순으로 클릭하면 점점 젊어지는 김대식이 나온다. 11범 당시, 10범 당시, 9범 당시…….

이런 순으로 하나씩 살펴보던 최강이는 8범 당시 수용기록카드를 보다가 클릭을 딱 멈추고는 모니터에서 눈을 떼지 못했다. 잘못 봤나 싶어 눈을 비비고 다시 봤다. 잘못 본 게 아니었다. 최강이는 8범부터 1범 때까지 총 8개의 수용기록카드를 마저 보았다. 그러고는 중앙통제실에 전화를 걸어 김대식이 입소할 때 소란 피우던 영상이 아직 남아 있는지 물었다. 중앙통제실 교도관은 내일이 녹화된 지 2개월째 되는 날이라 내일 자동으로 삭제된다고 말해주었다. 다행히 CCTV 영상이 아직 삭제되지 않았던 것이다.

"그거 저한테 보여주세요. 정말 중요한 자료가 될 수 있으니까 일단 복사 파일 만들어두시고요. 그리고 그날 외정문에 근무했던 근무자가 누구였죠? 확인 가능한가요?"

최강이는 중앙통제실과 통화를 끊고 보안과에 다시 전화를 걸었다.

"바로 앞에 신입계호팀 전원 명단이랑 연락처 좀 알 수 있을까요? 그분들 퇴직했거나 다른 교도소로 전출 가신 걸로 알거든요. 이름이 긴가민가해서요."

최강이가 맥을 잡아갈 때쯤 기봉규는 맥이 탁 풀린 채 터벅터벅 동네 골목을 걸어가고 있었다. 오래 전부터 지쳐 있었지만 이제는 걸을 힘조차 없었다. 집에 들어가면 지미라와 지범수와 차수미가 또 팀을 이뤄 자신을 못 살게 굴겠지, 무당은 패거리를 데리고 와서 돈 달라고 바락바락 악을 써대겠지……. 기봉규는 화가 나 세차게 돌멩이를 걷어찼다. 돌멩이에서 불꽃이 튀지 않은 것은 단지 기봉규의 신발이 고무로 만들어졌기 때문이다.

갖은 고생을 해서 겨우 빼돌린 돈인데 다시 교도소로 가져다 놔야 한단 말인가. 자신을 의심하는 박 계장이 아직 입원 중이라서 다시 옮기는 것 자체는 문제되지 않는다.

하지만 좁쌀의 정보공개 청구는 또 뭐란 말인가. 이건 아무리 생각해봐도 기봉규 자신더러 한번 만나자는 뜻이나 다름없었다. 그걸 그대로 정보공개 해버리면 김대식의 영치품이 다 공개되는 셈이다. 어떻게든 정보공개 청구를 철회하도록 해야 한다.

게다가 어금니는 또 뭐란 말인가. 그놈이 더러운 혓바닥으로 속삭인 돈은 정확히 9억 원이었다. 대체 그 돈의 정체와 정확한 액수를 감방에 갇혀 있던 놈이 어떻게 안단 말인가.

"어디까지 퍼진 거지. 무당이 흘리고 다녔나. 그럴 리는 없잖아. 허태구가 감방에 다 소문을 냈나. 아무리 어리숙해도 그럴 리 없잖아. 대체 어떻게 알았으며, 어디까지 알려진 거야!"

초조해져서 이마는 식은땀으로 번들거리고 심장이 쿵쾅거려 도시의 소음마저 들리지 않았다. 기봉규의 전화벨이 울린 건 그 때였다. 봉규는 비밀을 들킨 사람처럼 화들짝 놀라 날카로운 물건을 쥐듯이 핸드폰을 조심스레 꺼냈다.

"이 여자가 또!"

최강이였다. 받자니 무서웠고, 안 받자니 궁금하고 무서웠다. 차라리 일단 받는 쪽이 나아 보였다.

"왜 또 그러시죠?"

"아, 받으시네요. 전 제 전화를 피하실 줄 알았어요."

최강이는 쓱 떠보듯 말했다.

"제가 최 계장님 전화를 왜 피합니까?"

"한 번만 더 뵐 수 있을까요? 전화로 얘기하기엔 내용이 좀 그래서요."

"얘기하기 적절치 않으면 그냥 하지 마세요!"

지칠 대로 지친 기봉규는 신경질적으로 전화를 끊어버리고 말았다. 돈만 도로 갖다 놓으면 된다. 그러면 최강이가 진실을 후벼 파든 어느 놈이 돈을 요구하든 다 무시해버릴 수 있다. 아무 일도 없었던 것처럼, 자기는 처음부터 끝까지 정직한 사람이었던 것처럼 행세할 수 있다.

기봉규는 그렇게 믿었다. 좁쌀과 어금니가 전면에 나서기 전까지는.

머리가 빙빙 도는 것 같았다. 간밤에 또 대판 부부 싸움을 벌였다. 조수석에 탄 허태구는 기봉규의 눈치를 살피면서 찍소리도 하지 못했다.

어제 또 법원에 다녀온 지미라는 인사불성이 되어 앓아누웠고, 집주인은 전세금을 올리든 이달 중으로 집을 빼든 선택을 하라며 마지막 통보를 해왔다. 민사소송에 피소됐다는 법원등기, 지범수의 카드사가 보낸 내용증명, 차수미의 카드사가 보낸 내용증명……. 기봉규만 빼고 모두들 온갖 무시무시한 서류에 포획돼 있었다. 하지만 그 종이로 된 서류들의 질량을 가장 무겁게 느끼는 건 기봉규였다.

"그 돈을 도로 갖다 놓는다는 게 말이나 돼? 돈 들어갈 데가 얼마나 많은데. 당신, 법원에 죄수 호송할 때만 가봤지, 피고인석에 안 앉아봤지? 어떻게 말을 그렇게 쉽게 해?"

"그거 다시 안 갖다 놓으면 내가 죄수가 되고 말아."

지범수가 좋은 생각이 났다는 듯 부부 싸움에 끼어들었다.

"내가 생각을 해봤는데요. 매형이 그 돈을 빼돌리고 자수한 다음에 그 돈 중 일부를 변호사비로 쓰면 어떨까요? 그럼 형기가 짧을 테고, 돈도 가질 수 있을 테고. 일석이조 아닌가요?"

"범수 오빠, 생각보다 머리 좋네. 어떻게 그런 기발한 생각을 다 했어?"

기봉규는 홧김에 이기적인 처남의 뺨을 후려칠 뻔했다. 그러나 일일이 상대하기에는 너무 피곤했다. 하루 종일 너무 시달렸다. 기봉규는 분노나 실망이란 감정을 느낄 틈도 없이 쓰러지듯 잠들어버렸다.

잠자코 조수석에 앉아 있는 허태구도 고심이 많았다. 어금니에게 겁을 집어먹고 다 털어놓은 걸 도대체 어떻게 봉규한테 고백한단 말인가. 어금니는 과연 사고방식이 달랐다. 그 돈을 N분의 1로 공평하게 나누자는 말을 하지 않았다. 비밀을 지켜주는 대가로 전부 다 달라고 했다.

"이거 내가 까버리면 너희들 우리 같은 사람들처럼 구속되거든. 구속 면할 좋은 변호사 쓴다 생각하고 나한테 다 줘. 비싼 변호사는 수임료를 그 정도 부를 때도 있거든."

허태구에게 어깨동무를 한 어금니의 팔뚝이 아나콘다처럼 굵직하고 육중하게 목을 칭칭 감았다. 어금니는 다시 한번 주의를 줬다.

"어차피 너희 둘이서 그거 꿀꺽하다가 내가 신고해버리면 너희는 돈도 못 챙기고 감옥만 간다니까. 그러니까 감옥이라도 안 가야지. 안 그래?"

이 말을 어떻게 기봉규한테 한단 말인가.

"잠깐 좁쌀 좀 만나고 나올게요. 정보공개 청구 건 때문에 그래요."

출근하자마자 3사동에 들른 기봉규는 좁쌀부터 찾았다. 정보공개 청구로 시달리는 교도관들이 종종 들락거리기에 3사동 교대 근무자는 아무 의심도 하지 않았다. 원래 3사동은 오용수가 담당이지만, 이날은 연가를 썼는지 보이지 않았다. 기봉규로서는 너무나 오랜만에 행운이란 걸 느껴보았다. 캐리어 속의 9억 원을 거머쥔 후로 계속 불운하기만 했으니까. 일단 쥐같이 생긴 오용수 면상을 안 보는 것만으로도 가슴에 커다란 기쁨이 벅차올랐다.

"좁쌀아, 오늘은 형이 오랜만에 기분이 좋아. 그러니까 정보공개 청구를 철회한다고 하면 바로 해줄게."

기봉규가 좁쌀을 살살 달래면서 회유했다. 그러나 어느덧 징역도 다섯 번째인 좁쌀은 교도관의 회유나 협박에 넘어갈 내공이 아니었다.

"내가 정보공개 청구를 어디 한두 번 해보는 줄 아슈? 철회할 거면 진즉에 하지도 않았시다."

좁쌀이란 놈은 뭐랄까, 교도관 은어로 '코걸이' 부류였다. 교도관을 애먹이는 죄수들은 다종다양한데, 금방이라도 자살해 버릴 것처럼 울상만 짓고 있어 신경 쓰이게 하는 부류, 어금니처럼 툭하면 폭행사건으로 일거리 만드는 부류, 교도관 행동을 감시하고 있다가 조금이라도 규정에 어긋나면 바로 인권위나 법무부 인권국에 진정서 넣는 부류, 그리고 정보공개 청구를 남발해서 교도관 업무 마비시키는 좁쌀 같은 부류 등등이 있다.

"너 나한테 무슨 불만이 있어서 이런 걸 해. 너랑 나랑 아무 감정 없잖아. 갑자기 왜 이러는 건데?"

"당신한테 뭔 감정이 있겠소. 그저 우리 성님, 어금니한테 감정이 있는 모양이지."

"어금니한테 맞은 걸로 감정이 쌓였나 본데, 그걸 왜 나한테 풀어?"

좁쌀은 아직도 주둥이가 아팠는지 더러운 손으로 입술을 한 번 쓱 만지더니 손사래를 쳤다.

"설마 그거 한 대 맞은 걸로 이 바닥에서 악감정 품을라고? 그저 우리 성님이 나 여기 놔두고 혼자 출소하는 게 문제지."

대화는 가면 갈수록 산으로 가고 있었다. 도대체 어금니가 출소한 거랑 기봉규 귀찮게 하는 거랑 무슨 상관이 있단 말인가.

"형기 끝난 놈 풀어주는 거랑 정보공개 청구랑 무슨 상관이 있는데?"

좁쌀은 밉살스레 지껄이며 빈정거리듯 이죽거렸다.

"상관있지. 어금니 성님이 캐리어 속에 든 9억 원을 혼자서 몽땅 잡수시게 생겼는데. 그 양반 돈이든 음식이든 뭐든 혼자서만 잡수신다니까."

순간 기봉규는 피가 거꾸로 솟다 못해 심장이 멈추는 것 같았다. 그런데도 맥박은 빨라져 귓가에서 두근거리는 소리가 들릴 정도였다. 주황색 얼굴이 순식간에 파랗게 질렸는데 누렇게 뜬 눈 흰자위는 벌겋게 충혈되고 파르르 떨리는 입술은 보랏빛을 띠었다. 자신이 쫓고 있던 무지개 빛깔을 마침내 닮아버린 것 같았다.

봉규는 어금니를 상대할 때처럼 금세 마음을 다잡고 아무것도 모른다는 듯 성글거리며 눙쳤다.

"너희 둘이 동업해서 돈 많이 벌었나 보구나. 9억 원이라니. 내 평생 월급 다 모아도 힘들걸. 아무튼 이거 철회하는 거지?"

좁쌀은 그런 어설픈 연기에 말려들지 않았다.

"되지도 않는 연기 그만하고, 내 몫이나 잘 챙겨놓으슈. 당신 몫, 성님 몫, 내 몫 하면 딱 3억 원으로 맞춤하게 떨어지네."

"헛소리 그만하고, 이건 철회하는 거다. 알았지?"

"맘대로 하슈. 그냥 당신이랑 얘기가 하고 싶어서 청구한 거니까."

좁쌀은 기봉규를 한번 만나보려고 일부러 정보공개 청구를 한 것이었다. 그렇게 하면 기봉규가 알아서 찾아오니까. 방에 갇힌 좁쌀이 기봉규를 찾아갈 수는 없지 않은가.

"참, 이상한 소리를 다 하네. 하하하!"

기봉규는 애써 허탈하다는 듯 하하 웃었지만, 이제 더 이상 썩어 문드러질 속도 없었다. 3사동을 나오려고 돌아서는데 좁쌀이 방에 갇힌 채 소리쳤다.

"이보슈, 나도 곧 출소요. 내 몸에 손댔다가는 언제든지 정보공개 청구 다시 할 거요. 아니다, 언론사 찾아가서 예쁜 여기자한테 커피나 얻어 마셔야지. 내 주특기 잘 알고 계시슈? 내가 전국 교도소 공보관이외다."

기봉규는 더 들을 수 없어 애써 귀를 막았다. 귀에서 맥박 소리가 쿵쿵쿵 울렸다. 혈관 속을 빠르게 타고 다니는 피가 느껴질 정도였다. 영치창고를 향해 가는 그의 발걸음은 또 얼마나 무겁던지, 몸무게만 조금 더 나갔으면 공룡 발자국처럼 땅이 움푹 파일 정도였다.

"여보, 지금 어디야?"

퇴근하려고 옷을 갈아입는데 웬일인지 지미라에게서 전화가 걸려왔다.

"어디긴 어디야, 아직 교도소지. 퇴근하려고 옷 갈아입어.

왜? 무슨 일 있어? 이번엔 또 무슨 일인데?”

기봉규가 진절머리가 난다는 듯 물었다. 이번에는 진절머리 정도로 끝나지 않을 일이 일어나고 있음을 알지도 못한 채.

“오늘 이상해. 집 밖에 덩치 크고 험상궂게 생긴 남자들이 자꾸 서성이는 게 꼭 우리 집을 감시하는 거 같아.”

지미라가 겁먹은 목소리로 기어들어가듯 말했다.

“그냥 지나가는 사람이겠지. 그리고 그 빌라에 사는 사람이 우리밖에 없어? 우리를 왜 감시해. 빚 받으러 온 사람들이겠지. 신경 쓰지 마.”

기봉규는 더 이상 어딘가에 쓸 신경이 남아 있지 않았다. 되도록 그 어떤 걱정도 하고 싶지 않았다.

“지나가는 사람들이 몇 시간째 저러고 있어? 그리고 우리 빌라에 사는 사람들 중에 돈 빌릴 수 있는 사람이 누가 있겠어. 빚쟁이조차 찾으러 올 일도 없는 사람들이잖아.”

기봉규는 귀찮아서 대충 대꾸하고 전화를 끊었지만 왠지 집에 들어가기 싫어졌다. 그렇다고 갈 데가 있는 것도 아니어서 집에 갈 수밖에 없었다. 교도소 앞 삼거리에서 10분만 걸으면 바로 집이다. 차가 고장 나서 오늘은 걸어서 출퇴근을 했다. 하지만 그냥 들어가자니 영 찝찝하고 무서웠다. 기봉규는 지미라에게 다시 전화를 걸었다.

"별일 없지?"

"아깐 나보고 괜한 걱정한다더니……. 그 사람들이 아직까지 서성이고 있어. 잠깐만, 범수 목소리가 들리네. 자기가 열고 들어올 것이지 왜 초인종을 눌러대?"

초인종 소리가 여러 번 들리자, 지미라는 전화 통화를 계속하며 현관문 쪽으로 갔다.

"범수야? 너 왜 누나 귀찮게 초인종을 눌러대. 아악!"

전화기 너머에서 지미라의 비명이 들리더니 전화가 끊겼다.

"미라야? 미라야!"

다급해진 기봉규가 전화를 여러 번 걸었지만 지미라는 받지 않았다. 기봉규는 뒤뚱뒤뚱, 그러나 나름대로 전속력으로 뛰기 시작했다.

집 앞에는 딱 봐도 조폭 똘마니들로 보이는 덩치들이 두리번거리며 누군가를 기다리고 있었다. 교도소 담장 밖에서는 교도소 담장 안에서처럼 행동해선 안 된다. 기봉규는 고개를 푹 숙이고 모르는 척 그 앞을 지나가다 청룡의 대가리에 고개를 쿵 박았다. 고개를 들어서 한참을 올려다보니 어마어마한 거구가 시커먼 입술로 씩 웃으며 기봉규를 내려다보고 있었다. 청룡의 대가리는 녀석의 가슴팍 부분의 문신이었다.

"아저씨."

녀석이 기봉규에게 말을 걸었다.

"네? 네, 네."

뛰어오느라 헉헉 숨이 가쁜 기봉규가 겁을 먹었는지 더듬거리며 말했다. 지미라 때문에 빨리 가봐야 하는데, 녀석이 사나운 맹견처럼 앞을 막고 있어서 그럴 수도 없었다.

"아저씨, 이 근처 살아?"

"네? 네, 네, 네. 근데 죄송한데 저 급하거든요."

"잠깐만 있어봐 좀. 그럼 혹시 이 아저씨 알아?"

녀석은 사진 한 장을 들이밀었다. 교도관 근무복을 입고 찍은, 자신의 공무원증 사진이 아닌가. 대체 이걸 어디서 어떻게 구한 거야! 사진 속의 남자는 바로 기봉규였다.

"모, 모, 몰라요."

"몰라? 어라? 그러고 보니 못생긴 게 서로 많이 닮았네? 아저씨가 이 아저씨 같은데?"

그렇게 기봉규는 자신의 집으로 끌려갔다. 어차피 집에 갈 참이었지만 이런 방식으로 귀가할 줄은 불과 몇 분 전까지만 해도 추호도 몰랐다.

집 현관 앞에는 똘마니 둘이 서 있었다. 녀석들은 비열하게 씩 웃으며 기봉규를 깔보듯 쳐다봤다. 거구가 현관문을 열자마자 지미라와 지범수 그리고 차수미의 비명과 울음소리가 터져 나왔다. 그들은 기봉규를 보고서 도와달라는 듯 더 크게 울어댔다. 기봉규가 뭐라도 해줄 수 있는 것처럼. 보나 마나 지범수와 차수미는 하는 일 없이 빈둥거리며 집에 들어왔다가 같이 잡힌 듯했다.

집 안에는 신발도 안 벗은 양아치들이 다섯 명이나 들어와 있었다. 커다란 발자국들이 여기저기 위협적으로 찍혀 있었다. 마치 거실에 공룡이 떼로 몰려온 듯했다.

"다, 당신들 대체 누구요!"

기봉규가 없는 용기를 있는 힘껏 짜내 소리를 질러봤지만 양아치들은 가소롭다는 듯 웃기만 했다. 그 양아치들 틈에서 호랑이가 벌렁거리며 몸을 일으켰다. 아가리가 위아래로 어긋나 있는 호랑이, 어금니였다.

"밖에서 보니 참 새롭군그래, 기봉규 교사님."

"너, 넌 어금니."

"내 똘마니한테는 찍소리도 못하고 덜덜덜 떨더니 나한테는 바로 반말이네? 역시 안면 있는 게 좋긴 좋아. 그치?"

"우리 집에는 왜 온 거야? 이거 엄연히 가택침입이야. 너 다시 감방으로 돌아갈 수도 있어."

어금니는 코웃음을 쳤다.

"누가 무단으로 들어왔대? 재랑 저 아가씨한테 커피 한잔하자니까 이리로 데려오던데."

녀석들은 동네에서 기봉규를 기다리며 잠복했지만, 기봉규의 집이 어딘지는 정확히 알 수 없었다. 우연히 지나가던 지범수와 차수미에게 기봉규의 사진을 들이미니까 바로 지범수가 "어? 매형이잖아" 하고 정답을 알려주었다. 그렇게 지범수가 길잡이가 되어 여기까지 오게 된 것이다.

기봉규가 덜덜 떨리는 손으로 핸드폰을 만지작거리자 어금니가 굵은 손가락을 까딱거리며 제지했다.

"왜? 경찰에 신고하려고? 교도관이면 우리 같은 건달 나부랭이들은 혼자서 처리할 수 있어야 하는 거 아냐?"

그 말에 똘마니들이 와하하하 웃어젖혔다. 뭘 처먹고 왔는지 하나같이 입에서 썩은 내를 풍겼다.

"우리 기봉규 교사님이 주거의 평온이 침해받으신다면 우리가 가드려야지. 얘들아, 퇴근하자. 어질러진 거 좀 치워드리고. 이 새끼야, 넌 구둣발로 이불 밟지 마. 가택침입이라잖아."

어금니와 똘마니들은 정말로 순순히 현관 밖으로 나갔다. 기봉규가 냉큼 문을 잠그려는데 어금니가 아나콘다 같은 팔뚝을 안쪽으로 쑥 뻗으며 말했다. 문틈으로 위협적으로 뻗은 팔뚝을 보고 기봉규가 기겁하며 뒷걸음을 쳤다.

"이 팔뚝이 굵은 뱀처럼 네 목을 안 조르게 해야 할 거야. 캐리어 안에 들어 있던 9억 원 찾으러 조만간 다시 올게. 난 계속 온다, 받을 때까지. 안 주면? 너를 묻는다? 아니지, 우리는 법의 테두리 안에서만 움직이거든. 경찰에 신고할 거야. 네가 수용자 영치품을 횡령했다고 말이야. 그럼 넌 돈도 잃고 죄수 신세가 되겠지. 교도관 출신 죄수라, 참 볼만하겠군. 감방에 있는 아우들한테 잘 부탁한다고 편지 써줄게."

어금니는 자기 덩치만큼이나 묵직한 메시지를 남기고 사라졌다. 이제는 미치고 팔짝 뛸 기운도 의지도 없었다. 그런 반응도 힘과 희망이란 게 있을 때나 나오는 법이다. 기봉규는 건전지가 다 된 장난감처럼 거실 바닥에 털썩 주저앉았다. 아무것도 느껴지지 않았다. 신경이 쇠약해지다 못해 끊어져버리기라도 한듯 기봉규는 아무것도 느낄 수가 없었다.

"도대체 저 고릴라들은 뭐야! 저것들은 또 어떻게 알았단 말이야!"

지미라가 뭐라고 고함을 쳐대는 것 같은데, 그 소리가 아주 먼 데서 들리는 듯 웅웅웅 희미하게 울리기만 했다. 교도소 안에서는 최강이와 좁쌀이 압박하고, 교도소 밖에서는 어금니와 무당 패거리가 협박한다. 기봉규는 허태구가 조잘조잘 몽땅 떠들어댔다는 걸 상상도 못 했다. 이제는 이 비밀을 아는 사람이 워낙 많아 비밀 같지도 않았다. 옆집 꼬마가 자기 몫을 요구해도 전혀 이상할 게 없었다. 현재까지 기봉규, 지미라, 지범수, 차수미, 허태구, 오용수, 좁쌀, 무당과 그 패거리, 어금니와 그 일당들, 거기다가 돈을 요구하는 건 아니지만 뭔가 낌새를 차린 것 같은 최강이까지. 내일이 되면 또 누가 알게 될지 모른다. 일주일만 지나면 대한민국 사람 모두가, 한 달이 지나면 전 인류가 다 알게 될 것 같았다.

처음에는 허태구와 단둘이 시작했지만, 아무런 권리도 없는 가담자는 설산 정상에서 굴린 눈덩이처럼 삽시간에 늘어나버렸다. 허태구와 돈을 발견할 때만 해도 기봉규의 몫은 4억 5000만 원이었지만, 지금은 얼마나 쪼그라들었는지 계산조차 제대로 안 될 정도다. 게다가 욕심 많은 어금니는 총액을 전부 자기한테 넘기라고 하지 않는가.

자신한테 몽땅 주지 않으면 어금니가 신고하겠다고 한다. 자기 몫을 나눠주지 않으면 좁쌀도 여기저기 투서하겠다고 한다. 어금니한테 다 주면 좁쌀이 신고하고, 좁쌀한테 몫을 나눠주면 어금니가 신고한다. 어금니와 좁쌀에게 나눠주면 무당이 신고하고, 무당이 신고 안 하면 북채잡이가 신고할 것이다. 북채잡이가 안 하면 오용수가 녹음 파일을 최강이에게 건넬 것이고, 오용수가 안 하면 꽹과리 치는 소년이 동네방네 소문을 낼 것이다. 이 난리법석에 눈치 빠른 최강이가 사건의 전모를 모조리 파악한다면 최강이가 신고할 것이다. 아니, 바로 체포할지도 모른다.

막다른 길이었다. 탄탄대로 꽃길의 끝에는 무지개가 떠 있을 줄 알고 들어섰는데 사방이 벽으로 가로막힌 막다른 골목이었다. 기봉규는 언제나 그랬듯 이번에도 답을 찾을 수 없었다. 길을 찾을 수 없었다. 그냥 도망치고 싶었다. 지금 당장 차를 몰고 교도소로 가서 그 캐리어를 싣고 무인도 같은 데 숨고 싶었다. 그러나 무인도에 숨는다면 돈이 무슨 필요가 있단 말인가.

"어떻게 해야 한담."

훌쩍거리며 방바닥을 닦는 지범수, 무서워서 이 팀에서 빠지고 싶으니 얼른 자기 몫을 달라고 조르는 차수미, 법원에서 온 송달등기 때문인지 어금니 때문인지 두려움으로 손을 부르르 떠는 지미라.

겁을 주는 사람이든 겁을 먹는 사람이든 모두가 기봉규의 목을 조르고 있었다. 그 누구도 돈을 요구할 권리가 없지만 그 누구든 신고할 수는 있었다.

"차라리 내가 확 신고해버릴까!"

기봉규는 실성한 듯 중얼거렸다. 열린 창문 사이로 비바람이 들이쳤고, 침대 밑에 감춰둔 남은 지폐가 바람에 들썩거렸다.

그때 또다시 최강이에게서 전화가 걸려왔다. 드르르르 드르르르. 진동으로 몸부림치는 핸드폰이 탁자에서 떨어졌다. 지친 기봉규는 핸드폰을 주우러 갈 기운조차 남아 있지 않았다.

진실 앞에서

몇 달 후.

평년보다 일찍 한기가 들이닥친 어스름한 새벽, 기봉규가 자전거 자물쇠를 풀었다. 밤새 추위에 체인 자물쇠가 딱딱하게 굳어 있었다. 아침을 굶은 허태구가 오늘도 짐칸에 얹혀가려고 배고픈 똥파리처럼 시린 손을 비비고 있었다. 자동차는 진작 팔아야 했다. 원체 고물이라 고철 취급밖에 못 받았다.

지미라는 완벽학원의 손해배상 청구 소송에서 다행히 지진 않았다. 형사소송에서 모욕죄로 벌금을 물긴 했지만, 완벽학원 폐업에 책임이 있다는 민사적인 책임은 지지도 않아도 됐다. 그러나 변호사비로 700만 원을 썼고, 그간 교습학원 경영도 엉망이 돼 경제적인 타격이 이만저만이 아니었다. 안 좋은 소문까지 퍼져 이제 지미라의 보습학원을 다니는 아이는 한 명밖에 안 남았다. 신발끈이라고 욕하는 욕쟁이 초등학생 말이다. 아이는 다른 학원으로 옮기지 않는 대신 엄마가 퇴근할 때까지 지미라가 봐주는 조건으로 계속 보습학원을 다녔다.

지범수는 리스 차량을 진작 반납했고, 그간 밀린 카드 명세서를 감당하느라 밤낮으로 알바를 했다. 저녁부터 아침까지는 편의점 알바를 했고, 쉬는 날에는 택배 상하차를 뛰었다. 돈과 바꾸기 위해서는 얼마나 많은 땀을 흘려야 하는지를 깨우치고 있었다. 뒤늦은 대학 진학은 진작 물 건너갔다. 떠드는 초등학생 겁주는 일도 이제 할 필요가 없었다. 신발끈 아이 혼자서는 떠들 수조차 없었다. 아이는 친구가 사라지자 욕도 부쩍 줄어들었다.

차수미는 부쩍 바빠진 지범수와 사이가 냉랭해졌다. 물론 차수미도 바빠졌다. 차수미 역시 긁고 다녔던 온갖 카드 명세서를 해결하느라 오픈하는 가게 앞에서 춤을 추며 내레이터 알바를 했다. 하지만 개업보다 폐업하는 가게가 많아지자 원룸에 들어앉아 중고거래 사이트를 보는 것으로 주로 시간을 보냈다. 그간 사 모았던 잡동사니들을 처분하면서 고작 천 원을 더 받고자 거래 상대자와 옥신각신했다.

"태구야."

기봉규가 중심을 잡느라 자전거 핸들을 이리저리 꺾으며 허태구를 불렀다. 그새 허태구의 몸무게가 많이 늘어 태우고 다니기가 쉽지 않았다.

“문득 궁금해서 그러는데 말이야.”

“응?”

“너 혹시 예전에 어금니 출소할 때 네가 어금니한테 돈에 대해 말했었어? 네가 외정문까지 어금니 계호했었잖아.”

“……미안해.”

허태구는 또 미안하다는 말만 할 뿐이었다.

기봉규는 씩 웃었다. 다 지나간 일이고, 허태구가 어금니의 협박을 이겨내고 말을 안 했다 해도 변할 건 없었다. 어차피 그 돈은 기봉규가 차지할 수 있는 돈도 아니었다. 애초에 자기 돈도 아니었지 않은가. 변호사비를 대느라 적금 통장을 깨긴 했지만, 수업료를 치른 셈이라 치고 웃고 넘길 생각이었다. 그래도 감옥에 안 가고 친구 허태구와 함께 새로운 직장을 다니는 것만 해도 정말 감사한 일이었다.

그들은 은행에서 현금 호송 업무를 맡았다. 교도관 경력이 도움이 됐고, 원래 성실한 두 사람은 새로운 일에 착실하게 적응했다. 현금 호송팀은 2인 1조로 움직인다. 기봉규가 현금으로 꽉 찬 호송차량을 운전하고 허태구는 각 은행 앞에서 내려 현금이 가득 든 행낭을 건네주고 확인서를 받아온다. 오전에 그 일이 끝나면 오후에는 다시 같은 은행들을 돌며 이번엔 현금이 가득 든 행낭을 건네받고 호송차량에 싣는다. 그들은 여전히 막대한 돈을 이리저리 운반 중인 셈이다.

"봉규야, 우리 이 돈 들고 튈까? 지금 이 호송차에 9억쯤은 있겠지?"

허태구는 여전히 웃기지도 않는 실없는 농담을 했다.

"그나저나 우리는 항상 뭔가를 옮기는구나. 교도관 할 때는 수용자들 호송차량에 태워서 다른 교도소로 이송시키더니, 지금은 돈을 이리저리 이송하고 있잖아."

"돈은 얼마 전에도 실컷 이송시켰지. 뭉칫돈으로."

허태구의 농담에 기봉규가 허탈한 듯 피식 웃었다.

"그나저나 너 최강이 생각 안 나? 이제 완전히 접은 거야?"

기봉규가 최강이 얘기를 슬쩍 꺼내자 허태구가 슬픈 낯빛을 잠깐 비치더니 이내 눈을 감았다.

"나 잔다. 은행에 도착하면 깨워라."

차에서도 잘 자는 허태구는 이번에는 직업을 제대로 택한 듯 싶었다.

어금니가 똘마니들을 데리고 기봉규의 집에 나타났던 날 이후로 많은 일이 있었다. 어금니는 계속 기봉규의 집을 찾아왔고, 어금니가 안 오는 날에는 똘마니들이라도 보냈다. 양아치들은 빌라 현관 앞에서 시시덕거리며 담배를 피우고 침을 찍찍 뱉었다. 차수미는 비싸게 준 구두에 늘 침이 묻는다고 투덜거리면서도 양아치들에게 한마디 해볼 엄두도 못 내봤다.

무당과 그 패거리들도 처음엔 신고를 하느니 어쩌니 협박을 해대더니 결국엔 접고 말았다. 허태구의 USB 녹음기도 한몫 톡톡히 해냈다.

"네놈이 돈을 어디다 묻어놨는지 다 보여. 천벌을 받을 놈 같으니. 김장독에 넣어서 뒷산에 묻어놓고, 도로 제자리에 갖다 놨다고 거짓말을 해?"

엉터리 무당이 뭐라고 항의하든 정말 그 돈은 전부 제자리에 갖다 놓았다. 무당 패거리에게 그 몫을 주고 싶어도 줄 돈이 하나도 없었다. 줄 수 있는 돈이라고는 지미라의 변호사비밖에 없었다.

좁쌀은 쇠창살 안에 갇혀 있으면서도 교도소 돌아가는 소문에 훤했다. 기봉규와 허태구의 사건을 들은 좁쌀은 그 불똥이 자기한테까지 튈까 봐 돈 얘기는 입 밖에도 꺼내지 않았다.

그건 오용수도 마찬가지였다. 오용수는 자기 진급에 불이익은 물론 형사처벌까지 받을까 두려워 찍소리도 하지 못했다. 다만 기봉규는 허태구가 녹음해둔 음성 파일을 최강이에게 넘겼고, 최강이는 이를 보안과장에게 보고했다. 보안과장이 그 후에 오용수에게 어떤 처분을 내렸는지 기봉규는 알지 못한다. 교도관복을 벗고 교도소를 나왔으니까.

"차라리 내가 확 신고해버릴까!"

어금니가 처음 기봉규 집을 찾아오던 날, 스트레스가 극에 달한 기봉규는 저렇게 중얼거렸다. 그런데 이게 그에게 영감을 주었다. 자수하는 것. 지금이라도 사건의 전말을 실토하고 돈을 고스란히 원상태로 돌려놓는 것. 이것만이 살길 같았다. 그래서 그렇게 했다. 늘 답이 안 보였지만, 이제 답은 그것밖에 없었다.

사표를 내던 날, 기봉규와 허태구는 밤새도록 술을 마시고 술기운에 의지하여 출근을 했었다. 그러고는 윤리감사관을 겸임하는 총무과장을 찾아갔다. 마침 직원 비리 자진신고 기간이었다. 지금 불면 벌을 깎아주니 잘못한 게 있으면 크든 작든 얼른 고백해라, 뭐 그런 취지였다. 하지만 총무과장을 실제 찾아가는 교도관은 드물었다. 최강이를 찾아가는 게 더 상대하기 편했지만 왠지 그녀를 보기에 부끄러운 마음이 들어 그럴 수 없었다. 허태구도 그것만큼은 극히 반대했다. 이 구질구질한 이야기를 묵묵히 다 들은 총무과장은 미간을 찌푸리며 한숨을 푹 내쉬었다.

"이미 일어난 일이니 없던 일로 해줄 수는 없네."

"잘 알고 있습니다."

"돈은 한 푼도 안 썼다 이거지?"

"네."

"이걸 어떻게 이해해야 하나. 수용자의 영치품을 담당하는 교도관이 독직범죄를 저질렀네. 무슨 뜻인지 그 정도는 알겠지. 우리 직을 모독했다 이거네. 그런데 돈은 하나도 안 쓰고 자진신고 기간에 자수까지 했다……? 흠……."

총무과장의 입에서 연신 무거운 신음이 새어 나왔다.

"이걸 검찰에 고발하면 검찰에서 자네들을 기소하겠지. 그럼 최소한 집행유예는 나올 거야. 게다가 원래 파면감이지만 처벌 감경 사유가 있으니 깎인다 해도 해임은 받을 거야. 이러나저러나 잘리는 건 마찬가지야."

"그럼 어떻게 하면 좋겠습니까?"

기봉규도 아무 일도 일어나지 않았던 것처럼 그렇게 넘어가리라 기대하진 않았다. 다만 이 상황에서 얼른 벗어나고 싶었다. 모든 걸 고백하고 무거운 마음에서 해방되고 싶었을 뿐이다. 자신이 먼저 다 버려야 자신한테 들러붙는 인간들도 사라질 게 아닌가.

"그 돈은 우리가 법에 의거하여 처리하겠네. 김대식의 가족이 있으면 찾아서 절차대로 인계해야겠지. 아마 상속의 형식이 아니겠나. 조사실 최강이 계장 말로는 김대식이 입소할 때 여기 교도소장이 자기 아들이라고 소란을 피웠다지? 외정문 근무자가 진정시키자 특수공무집행방해를 저질러 그걸로 입소를 한 것이고. 아들 타령을 하는 걸 보니 아들이 있을 수도 있겠군. 찾아서 주면 되겠지 뭐."

총무과장은 계속 엉뚱한 말만 했다. 기봉규와 허태구가 궁금한 것은 이제 그 돈의 결말이 아니라 자신들의 결말이었다. 자신들이 어떻게 될지가 궁금했다. 그 돈은 어차피 이제 공개된 셈이니 정직하게 처리될 수밖에 없지 않은가.

"저희는……?"

"자네들은 어떻게 되느냐고? 그건 자네들이 알아서 판단해야 할 몫이 아닌가. 하지만 나라면 도망을 치겠네. 존재하지 않는 사람들을 우리가 검찰에 고발할 수는 없지 않은가."

그렇게 둘은 옷을 벗는 걸로 가닥을 잡았다. 빈 몸으로, 그러나 아무런 형사처분이나 징계 없이 교도소 담장 밖으로 나올 수 있었다.

"정말 홀가분하다. 차라리 잘된 거야. 교도소 안에서 일하는 건 반쯤 갇힌 거나 다름없잖아. 이제야 자유를 찾은 것 같아."

직장을 잃은 기봉규는 무거운 족쇄에서 풀려난 듯 허태구에게 어깨동무를 했다. 그러고는 새로운 직장을 알아보러 다녔다. 지미라의 변호사비를 대느라 적금은 깼지만 퇴직금과 기여금을 일시불로 받아 당분간 버틸 돈은 있었다. 그래도 정든 직원이 떠난다고 교도소 직원들이 십시일반으로 모아 전별금으로 쥐어준 것도 적지 않은 돈이었다.

그렇게 시작한 현금 호송 일도 벌써 몇 달째. 이제 몸의 근육들이 새로운 일에 맞춰 형성되고, 딱딱하게 굳어 있던 표정도 많이 풀렸다.

"내일 보자. 그리고 내일부터는 장갑 좀 끼고 나와. 짐칸에 앉아서 내 호주머니에 손 넣지 말고. 징그러워 정말."

허태구를 들여보낸 기봉규는 피로에 찌들었지만 부쩍 가벼워진 발걸음으로 바로 옆에 있는 자기네 빌라로 향했다. 전세금을 올려달라는 성화를 이기지 못하고 같은 빌라 반지하로 이사한 터였다. 빌라 현관 앞에 어떤 여자가 서 있어서 길이 탁 막혀 있었다. 기봉규가 피해서 돌아가려고 할 때였다.

"기봉규 선배."

가로등 그늘 때문에 얼굴을 제대로 못 봤지만, 목소리가 귀에 익었다.

"오랜만이에요."

최강이였다.

둘은 예전처럼 동네 카페에 마주 보고 앉았다.

"그렇게 피의자처럼 굳어 있지 않아도 돼요. 저는 조사실 계장이 아니라 존경하는 기봉규 선배님의 교도관 후배로서 여기에 온 거예요. 제가 아는 한 가장 너그러운 교도관이 바로 선배님이거든요. 저 때문에 마음고생 많으셨을 텐데도 저를 따뜻하게 맞아주시잖아요."

교도관으로 일하면서 단 한 번도 듣지 못한, 자신을 존중해주는 말이었다. 그 일을 그만두고 나서야 이런 말을 들은 기봉규는 순간 왠지 코끝이 찡했다.

"왜 제 메시지를 계속 확인 안 하세요? 전화도 안 받으시고."

"그게…… 저……."

교도소를 나오고 몇 달이 흐른 후부터 최강이한테서 여러 차례 연락이 왔었다. 전화가 올 때도 있고, 메시지가 올 때도 있었지만 기봉규는 번번이 피했다. 최강이 보기에 부끄러웠던 것도 있고, 연락이 올 때마다 허태구가 옆에 있어서 난감한 이유도 있었다.

"그래서 이렇게 직접 찾아왔어요. 꼭 드릴 말씀이 있어서요."

"김대식에 대해서는 예전부터 개운치 않은 점이 많았어요."

자리를 뜨기 전에 최강이는 난데없이 김대식 얘기를 꺼냈다.

"그건 이미……."

"아뇨, 끝난 얘기가 아니에요. 어쩌면 이 이야기가 시작되는

지점인지도 모르죠."

기봉규가 말을 막으려 했지만 최강이가 되레 기봉규의 말을 끊었다.

"아시다시피 사기꾼들은 자주 이름을 바꾸죠. 작년엔 허태수였다가 올해는 나경수가 되고. 그렇죠?"

"그렇죠."

"김대식도 이름이 많더군요."

"……?"

"김대식이 원래 기대식이었다는 거 아세요?"

기대식. 기대식이라……. 그 사람과 이름이 같은 동명이인인가 보다. 참 요상한 인연도 다 있구나 싶었다. 기대식이라는 이름을 가진 사람들은 하나같이 어떻게 이리도 자신을 괴롭히나 싶었다. 하지만 사기꾼들은 이름을 자주 바꾸니 기대식이라는 이름도 본명은 아니었을 것이다.

"기대식 전에는 무슨 이름이었습니까? 사기꾼들은 이름을 자주 바꾸잖아요."

그의 이름이 김대식이든 기대식이든, 아니면 또 다른 이름이든 기봉규가 굳이 물어볼 필요는 없었다. 그는 자신도 그 이유를 몰랐지만 왠지 초조해져서 커피가 반쯤 남은 컵을 손가락으로 톡톡톡톡 두드리고 있었다.

"김대식이란 이름 전에는 이완규로 행세했어요. 이완규 전에는 오재필. 그전에는 조갑도. 또 그전에는 박태민. 그리고 그전에는…… 기대식이에요."

"이름이 참 많기도 하군요."

기봉규는 애써 태연해지려고 했다. 어차피 자신과는 상관없는, 죽어버린 수용자가 아닌가.

"기대식 전에는 또 무슨 이름이었죠? 유난히 이름이 많은 사람이군요."

"……기대식이 본명이에요."

"……네, 제가 아는 어떤 사람과 동명이인이군요."

"아뇨, 동명이인이 아니에요. 죄송하지만, 기대식이 선배 아버지예요."

순간 기봉규가 톡톡 두드리던 컵이 넘어졌다. 커피가 테이블에 쏟아졌다. 흥건한 커피에 기봉규의 얼굴이 비쳤다. 어쩔 수 없이 기대식과 닮은 그 얼굴이.

"하하, 농담도 잘하시네요. 그 인간은 진작 실종됐고, 사망처리됐어요."

"네, 주민등록이 말소된 적이 있었죠. 하지만 누가 실종신고를 한 건지는 몰라도 그는 살아 있었어요. 여기저기 전국을 전전하다가 여러 달 전에 3사동에서 돌아가셨던 거죠. 아시다시피 말년에 정신이 오락가락해서 본인 이름만 제대로 기억하고 성씨가 헷갈렸나 봐요. 죽기 전에 원래 이름인 대식을 되찾고 싶었던 것 같은데 입소할 때 성씨를 잘못 기입했나 봐요."

아랫입술을 꽉 깨문 기봉규는 감정을 애써 가라앉혔다. 지금 느끼는 게 분노인지 슬픔인지 홀가분함인지 아쉬움인지 도통 알 수가 없었기 때문이다. 무슨 감정을 꺼내야 좋을지 몰라 아무것도 느끼지 않을 작정이었다.

"그렇다고 칩시다. 이렇게 찾아와서까지 그 얘기를 지금 내게 하는 이유가 뭡니까?"

"이 말씀을 꼭 드려야 할 것 같아서요."

"조사실이 요즘 한가한가 보군요."

최강이는 괜히 미안했던지, 평소의 강한 모습과는 다르게 눈가가 촉촉해졌다. 아마도 일찍 여읜 자신의 아버지를 떠올렸기 때문인지도 모른다.

"그분은 당신을 찾아온 거였어요. 그분이 말하던 교도소장이 바로 당신이었고요. 캐리어 속에 든 돈은…… 어떻게 형성된 것인지는 모르겠지만, 당신을 주려고 가져온 전 재산이었어요. 당신과 연락이 끊겼으니 직접 찾아오는 수밖에 없었겠죠."

어릴 때 가끔씩 봉규를 찾아오던 아버지가 말하던 그 땅, 같이 조금만 더 참아보자며 희망을 보여줬던 그 땅, 그리고 신도

시로 개발된 고향…….

"더는 듣고 싶지 않군요."

기봉규는 힘없이 손을 저으며 말을 이었다.

"피곤한 사람 붙들고 신파극 그만 찍으세요. 늦었으니 이만 돌아가시죠."

최강이는 자리에서 일어서며 마지막 말을 했다.

"그 돈은 애초에 당신 돈이란 말이에요. 저는 당신 돈을 찾아 주려고 뵈러 온 거예요."

최강이가 떠나고 한참을 멍하게 앉아 있던 기봉규는 카페를 나와 몇 걸음 걷자마자 구토를 했다. 어느 때보다 무겁게 느껴지는 발걸음이었다. 비틀비틀거렸기에 누가 봐도 술에 취한 사람 같아 보였다.

"커피 마시고 취했나 봐."

카페 안에 있던 손님들이 쑥덕거리며 불쾌한 듯 자리를 떴다. 기봉규는 카페 유리창에 비친 자신의 모습을 바라봤다. 웃고 있는 건지 울고 있는 건지 자신도 몰랐다. 자신을 버린 줄 알았던 기대식이라는 자가 알고 보니 평생 속죄하는 마음으로 살았음을 알게 되어 웃는 건지, 진작 실종 처리하고 상속을 거부해 놨으니 이제 그 돈을 받을 수 없게 돼서 울고 있는 건지, 아니면 아버지 기대식의 마음을 알게 되어 울고 있는 건지, 그 돈이 허공에 날아가게 되어 허탈하게 웃는 건지, 기봉규는 자신의 표정을 읽어낼 수 없었다.